Florian Th. M. Brunn

Toxicon

Limburger Kriminalroman

Impressum

© 2015 Florian Brunn

Umschlaggestaltung, Illustration: Florian Brunn
Lektorat, Korrektorat: Jakob Scheffel, Gianluca Zelba, Meike Weinbach, Florian Brunn
ISBN (Paperback): 978-3-7323-2659-4
ISBN (Hardcover): 978-3-7323-2660-0
ISBN (E-Book): 978-3-7323-2661-7

Verlag: **Buchtalent** - eine Verlagsmarke der tredition GmbH, Hamburg
www.buchtalent.de
www.tredition.de

Printed in Germany

Bibliografische Information der Deutschen Nationalbibliothek:
Die Deutsche Nationalbibliothek verzeichnet diese Publikation in der Deutschen Nationalbibliografie; detaillierte bibliografische Daten sind im Internet über http://dnb.d-nb.de abrufbar.

Florian Thilo Michael Brunn wurde am 19.11.1992 in Frankfurt am Main geboren. Im Alter von 8 Jahren zog die Familie nach Limburg an der Lahn, wo er die Grundschule im Stadtteil Offheim besuchte und im Jahr 2003 begann, ein städtisches Gymnasium zu besuchen. Im Jahre 2013 verließ er die Schule mit erfolgreich absolviertem Abitur, leistete anschließend freiwilligen Wehrdienst und begann im Frühjahr 2014 mit dem Studium der Rechtswissenschaften an der Universität zu Mainz.

Motive des Autors

Das kreative Schreiben ist für mich nicht nur ein Hobby, sondern eine Leidenschaft. Mit dem Kriminalroman „Toxicon" soll die Bevölkerung in und um Limburg herum nun einen regionalen und aktuellen Kriminalroman bekommen. Denn was gibt es Schöneres und Spannenderes, als täglich an Stellen vorbeizulaufen, an denen beim gestrigen Lesen zwar fiktiv, aber doch ermittelt, wenn nicht sogar gemordet wurde. Vorstellungskraft und Vertrautheit mit der Kulisse machen an dieser Stelle das Lesen eines einfachen Kriminalromans zu einem Abenteuer.

"Aber so wenig als im Leben des Einzelnen ist es für das Leben der Menschheit wünschenswert, die Zukunft zu wissen." -Jacob Burckhardt

Toxicon

Limburg an der Lahn. 2015.

Ein angenehm kühler Wind wehte durch die schmalen Straßen und Gassen der Limburger Altstadt. Marc, ein vierundzwanzig Jahre junger Mann, strich sich durch sein kurzes, braunes Haar und wischte sich anschließend die Schweißtropfen aus seinem Gesicht, die ihm inzwischen von der Stirn über die rechte Wange auf seinen Dreitagebart getropft waren. Er saß im Außenbereich vor seiner Lieblingskneipe, der in Limburg allseits bekannten „Tonne". Nach einem kräftigen Schluck von seinem kalten, dunklen Bier seufzte er zufrieden und freute sich den Bruchteil einer Sekunde lang über die kurze Abkühlung. Jeder Windstoß, der durch die engen Gassen fegte, war eine echte Wohltat. Es mussten gefühlte fünfzig Grad Celsius an diesem Tag geherrscht haben, doch das Thermometer zeigte unbeeindruckt dreißig Grad an. Die meisten Limburger vergnügten sich zu dieser Jahreszeit im Freibad, im Diezer Baggersee, ein paar in der Lahn, der Fluss, der durch Limburg fließt, und einige wenige in ihren privaten Pools zu Hause. Marc zog es allerdings vor, die Hitze in diversen Biergärten auszusitzen.

Nicht weit entfernt von Marc wurde es plötzlich laut. Menschen schrien durcheinander. Es musste von der Plötze kommen, ein kleiner Platz, an dem ein Brunnen stand, den ein steinerner, aus einem Fass trinkender Mann zierte. Es war ein Denkmalbrunnen zu Ehren des ehemaligen Raubritters und späteren Stadthauptmannes Hattstein. Die Lautstärke nahm immer weiter zu und die Stimmen schienen näher zu kommen. Marc konnte eine Frau sehen, die panisch über die gepflasterten Steine der ansteigenden Gassen in Richtung Tonne empor hastete. Im Arm hielt sie ein kleines Mädchen, das zu schlafen schien. Hinter ihr tauchten nun auch einige Gestalten auf, die sich gegenseitig versuchten Telefonnummern zuzurufen und wild mit ihren Handys durch die Gegend fuchtelten. Die Frau hatte schließlich die Tonne erreicht, lief an Marc vorbei, stieß dabei versehentlich einige Stühle beiseite und verschwand in der Kneipe. Die Menschen, die ihr gefolgt waren, blieben allerdings vor der Tonne stehen und telefonierten. Marc erhob sich langsam von seinem Stuhl, schaute sich verwirrt um und öffnete die Eingangstür der Wirtschaft. Die Frau, die zuvor noch das Kind im

Arm getragen hatte, saß nun in Tränen aufgelöst auf einem Stuhl, während sich eine Kellnerin um sie kümmerte und versuchte, sie zu trösten. Eine andere Mitarbeiterin legte dem Kind, das man behutsam auf einen Tisch gebettet hatte, nasse Geschirrtücher auf die Stirn.

„Was ist hier passiert?", fragte Marc leise.

„Das Mädchen hier ist ihre Tochter. Wir glauben ihr Kreislauf hat die Sonne nicht vertragen", antwortete die Mitarbeiterin, die sich um das Mädchen kümmerte und deutete auf die weinende Frau.

„Ich habe mich doch nur kurz unterhalten", schluchzte die Frau dazwischen.

„Legen Sie ihre Füße hoch und beträufeln Sie ihre Stirn mit Eis!", sagte Marc entschlossen und begann nach einer Unterlage für die Füße des Mädchens zu suchen.

„Ich hab was!", schallte es von oben.

In der Kneipe befand sich eine Art Empore, eine Galerie, auf der weitere Stühle und Tische standen, die man über eine Treppe links nach Betreten der Gaststube erreichen konnte. Die Holzstufen knarrten laut, als Marc die Treppe herunterstürmte. Er hatte eine Menge Sitzauflagen für die Stühle im Außenbereich gefunden, die er nun knickte und unter die Beine und Füße des kleinen Mädchens schob. Fast zeitgleich war die Kellnerin mit einer Schale, gefüllt mit Eiswürfeln, herbeigeeilt und begann, die Stirn des Mädchens mit diesen zu beträufeln. Einige Sekunden später flog die Eingangstür mit einem lauten Quietschen und Ächzen auf, knallte gegen die Wand und schwenkte langsam wieder ein. Einige Männer standen in der Tür, die schweißgebadet einen bewusstlosen, großen Mann hereintrugen und ihn nach Zusammenschieben einiger kleiner Tische auf deren Fläche legten.

„Was ist denn hier los?", brüllte Marc, der sich erst einmal von dem Schreck erholen musste.

„Der ist einfach zusammengeklappt. Einfach so. Da haben wir ihn hier hochgebracht. Die Tonne ist durch den Keller der kühlste Ort in der Nähe", erwiderte einer der Männer, die den Bewusstlosen getragen hatten, kurzatmig.

„Aber natürlich", murmelte Marc und es fiel ihm wie Schuppen von den Augen.

Er hatte den Keller der Kneipe völlig vergessen. Die Tonne war nämlich aufgeteilt in ein oberirdisches Café mit Außenbereich, in dem er zuvor gesessen hatte und eine Kneipe in einem Kellergewölbe, in der es immer kühl war und die erst abends öffnete. Die Eingänge von Café und Keller lagen direkt nebeneinander. Außerdem waren Kneipe und Café im Inneren durch eine Wendeltreppe verbunden, da sich beide Bereiche der Wirtschaft die Toiletten teilten.

„Packen Sie alle mal mit an! Wir bringen die beiden jetzt in den Keller!", erhob Marc die Stimme.

Alle packten an und man trug die beiden Bewusstlosen quer durch das Café, eine Wendeltreppe hinunter und legte sie dort in kühler Atmosphäre erneut auf zwei Tische. Es waren inzwischen so viele Helfer in dem kleinen Gewölbe vor Ort, dass die Versorgung relativ mühelos vonstattenging. Einige Minuten später war auch endlich eine Sirene zu hören. Eine der Kellnerinnen führte den Notarzt und die Sanitäter die Stufen in das Gewölbe hinab, wo diese nun damit begannen, ihre Arbeit aufzunehmen. Die freiwilligen Helfer verließen nun völlig geschwitzt, ermüdet und ermattet die Kneipe. Marc schlurfte nun das Pflaster hinunter zur Plötze, bis er plötzlich jemanden rufen hörte.

„Hey! Hey Sie! Hallo!", schrie eine der Kellnerinnen, die ihm offensichtlich hinterhergerannt war.

„Ihre...Sonnenbrille", keuchte sie und beugte sich nach vorne, um Luft zu holen.

„Oh. Vielen, lieben Dank. Wusste gar nicht mehr, dass ich überhaupt eine dabei hatte", amüsierte sich Marc und konnte sich ein Grinsen bei dem Anblick der erschöpften Kellnerin nicht verkneifen.

„Gern geschehen. Ich bin übrigens Nadja, nur für die Zukunft" , keuchte sie noch immer.

„Marc. Marc Wagner. Ihr Stammgast", stellte sich Marc vor und gab ihr die Hand.

„Marc, du hast einen gut. Sieh zu, dass du bald wieder für Umsatz sorgst!", sagte sie, nachdem sie wieder bei Atem war und klopfte ihm auf die Schulter.

„Gut, Gut", erwiderte Marc unbeeindruckt, gab ihr nochmals die Hand, drehte sich um und lief langsam weiter über den Fischmarkt, hinunter zur Plötze.

Er verbrachte den Tag hier und da, von der brütenden Hitze von einem schattigen Plätzchen zum nächsten gejagt. Schließlich wurde es langsam dunkler und dunkler und somit auch endlich kühler. Die Menschen, die von der Arbeit und aus ihren Häusern kamen, strömten nun durch die Stadt, und die Biergärten der Gaststätten füllten sich langsam. In der am Mittag noch so ruhigen Stadt wurde es wieder laut und unruhig. Doch irgendetwas schien anders als sonst. Überdurchschnittlich viele Sirenen stachen aus dem Lärm hervor und immer wieder rannten Menschen übereilt durch das übliche Treiben auf den Straßen. Marc hatte sich inzwischen von einem Freund, mit dem er die letzte Stunde im Paulaner Biergarten verbracht hatte, verabschiedet und schlenderte nun langsam über den Europaplatz am Rathaus vorbei und nahm die Treppen vor dem Eingang der Josef-Kohlmaier-Halle nach unten, wanderte einige Meter geradeaus, wandte sich nach rechts und schritt durch einen schmalen Gang am unteren Eingang der Stadthalle, worauf er somit die angrenzende Hospitalstraße erreichte. Er fühlte sich müde und erschöpft. Erst ein vorbeirasender Krankenwagen riss ihn aus seinem tranceartigen Zustand. Er griff langsam in seine rechte Hosentasche, fummelte in ihr ein paar Sekunden lang herum, zog schließlich ein Zigarettenpäckchen hervor, fingerte eine Zigarette heraus und begann zu rauchen. Ein rauer und eigenartigerweise sehr kalter Wind strich durch die Hospitalstraße. Marcs Nackenhaare stellten sich auf und er bekam eine leichte Gänsehaut. In Gedanken verloren starrte er ins Nichts und lies plötzlich schreckhaft seine Zigarette fallen. Er fasste sich mit der linken Hand an die Brust, nahm einige, tiefe Atemzüge und verdrehte die Augen. Ein Auto stand nun schon seit einer halben Minute mit zunächst laufendem Motor vor ihm. Er hatte es überhaupt nicht kommen hören, geschweige denn kommen sehen, nein, er hatte es nicht einmal wahrgenommen. Der Fahrer des Pkws hatte den Motor abgestellt und ihn kurzerhand aus nächster Nähe angehupt. Sichtlich verärgert schritt er nun auf das Fahrzeug zu, öffnete die Beifahrertür und warf sich in den Beifahrersitz.

„Bist du eigentlich noch zu retten? Herzinfarkt!", schrie er mit gedämpfter Stimme und gab der Frau auf dem Fahrersitz einen Kuss auf die Wange.

„Verdient, mein Schatz. Gewöhn dir endlich mal diese permanente geistige Abwesenheit ab", antwortete die Frau.

„Jaja", raunte Marc augenrollend.

„Nicht ‚Jaja‘, das wird langsam, aber sicher, peinlich. Du bist immerhin Polizist. Machst du das im Dienst auch?", begann sie zu diskutieren.

„Nein, mache ich nicht, Frau Oberlehrer. Können wir dann?", fragte er und verdrehte erneut die Augen.

Marc bekam noch einen bösen Blick zugeworfen, bevor sie den Schlüssel drehte, der Motor aufheulte und das Fahrzeug sich in Bewegung setzte. Die Fahrt führte die beiden zunächst nach Dietkirchen und endete schließlich in Dehrn in der Hochstraße.

„Dankeschön Nina", sagte Marc leise, nachdem die Fahrerin den Motor abgestellt hatte und begann, sie liebevoll zu küssen.

„Komm, mein Tag war ziemlich anstrengend und ich brauche jetzt etwas Ruhe", sagte Nina, nachdem sie sich von ihm gelöst hatte und stieg aus ihrem kleinen Polo.

Die beiden betraten ihre Wohnung im ersten Stock, machten es sich gemeinsam bei einem Glas Wein vor dem Fernseher gemütlich und ließen das Sonntagabendprogramm über sich ergehen.

Es klingelte. Irgendwo in der Wohnung klingelte es. Schlaftrunken löste sich Marc langsam von Nina, die in seinem Arm eingeschlafen war und versuchte dem Klingeln zu folgen, welches scheinbar aus dem Nachbarraum kam. Als er es geschafft hatte, sich von Nina zu lösen und, tollpatschig wie er war, mit seinem linken, großen Zeh an den Wohnzimmertisch stieß, fiel zu allem Überfluss noch ein halb volles Glas Wein von diesem und landete genau auf dem Teppich. Marc stieß zunächst einen stumpfen Schrei aus und begab sich fluchend in den Nebenraum, das Schlafzimmer. Dort vibrierte sein Handy auf dem Nachttisch hin und her und gerade als er es in die Hand nahm, um das Gespräch anzunehmen, verstummte dieses augenblicklich. Der Wecker auf dem Nachttisch änderte gerade die Zeit von zwei Uhr und neunundfünfzig Minuten auf drei Uhr nachts. Als er nun auf sein Handy schaute, stellte er fest, dass sein Kollege Köster angerufen hatte. Ohne zu zögern, tippte er auf den Rückrufbutton seines Smartphones und das erste Freizeichen ertönte.

„Köster?", meldete sich eine Stimme am anderen Ende der Leitung.

„Morgen Thomas, du hast angerufen?", fragte Marc noch völlig schlaftrunken und rieb sich die Augen.

„Es gibt Arbeit, in Limburg ist die Hölle los. Stell keine Fragen, wir treffen uns am Revier", befahl Köster regelrecht.

„Jawohl, Herr Generalleutnant", erwiderte Marc ironisch, salutierte mit seiner linken Hand und stieß dabei eine Lampe von seinem Nachttisch, die scheppernd zu Boden fiel.

Nach diesem Kommentar hatte Köster das Gespräch beendet. Marc war noch angezogen, da er und Nina unabsichtlicherweise beim Fernsehen eingeschlafen waren. Er schnappte sich seine Geldbörse, steckte sein Handy in die Hosentasche und versuchte im Laufen vergeblich den Holster, in dem seine Dienstwaffe steckte, an seinem Gürtel zu befestigen, wofür er, wie sonst auch für ihn üblich, den ganzen Weg von der Wohnung bis zum Auto benötigte. Als Marcs BMW auf dem Parkplatz des Polizeireviers an der Offheimer Höhe auffuhr, wippte Köster dort schon ungeduldig hin und her. Marc öffnete die Beifahrertür, indem er sich vom Fahrersitz aus auf die Beifahrerseite lehnte und die Tür mit einem kräftigen Ruck aufstieß. Oberkommissar Köster ließ sich in den Beifahrersitz fallen und schloss die Tür.

„Was gibt's denn nun so Wichtiges? Hier ist nirgendwo die Hölle los. Ich kam super durch, kaum Verkehr", maulte Marc.

„Marc, das Limburger Krankenhaus ist überfüllt, die Leute müssen inzwischen in die Uniklinik nach Gießen ausgeflogen werden. Die Helikopter fliegen ununterbrochen. Außerdem wurden Teile des Lazarettregimentes aus Rennerod nach Limburg abkommandiert", begann Köster und redete sich in Atemnot.

„Jetzt mal ganz langsam und von vorne, Thomas, was ist passiert?", mahnte Marc ruhig.

„Also...", begann Köster.

„...Wie es aussieht, haben wir es hier mit einer Epidemie zu tun. Die ersten Fälle sind heute Morgen aufgetreten. Es sind Menschen, die an einem bisher unbekannten Virus leiden. Es ist eine Art immunschwächende Krankheit. Die Menschen kippen reihenweise um, wachen nur selten aus ihrer Dauerbewusstlosigkeit, also quasi ihrem Koma, auf und leiden höllische Schmerzen, bevor sie erneut bewusstlos werden. Magenkrämpfe, dröhnende Kopfschmerzen, Inkontinenz in allen Hinsichten, Muskelkontraktur und, und, und... Die Ärzte sind ratlos. Niemand kennt diesen Virus. Zum Glück gab es bis jetzt noch keine Toten", erklärte er.

„Und was hat die Kripo damit zu tun? Wo kommen wir denn ins Spiel?", hakte Marc nach.

„Es besteht der Verdacht, dass die Krankheit absichtlich herbeigeführt wurde, wir wissen lediglich noch nicht wie. Ein Zeuge will beobachtet haben, wie eine Frau ihrem Tischnachbarn den Inhalt eines kleinen Fläschchens ins Bier gekippt hat, als der gerade an der Theke eines Weinstandes einen Drink bestellen wollte. Und da wir noch nicht wissen, ob die Krankheit sich von Mensch zu Mensch, und falls ja, wie genau überträgt, ist das unser einziger Anhaltspunkt", fuhr Köster fort.

„Also wissen wir noch nicht einmal, ob das Ganze hier überhaupt ein Fall für uns ist, richtig?", bohrte Marc nun nach.

„Richtig, aber wir müssen momentan alle anpacken und die Fühler in jede Richtung ausstrecken, um das Ganze zu stoppen und dabei kommen wir ins Spiel. Der Zeuge will die Frau gestern Morgen beim „Frühschobbe" auf dem Weinfest am Neumarkt beobachtet haben. Das soll laut ihm um kurz vor elf Uhr passiert sein. Die ersten Opfer wurden gegen zwölf Uhr ins Krankenhaus eingeliefert", erklärte Köster weiter.

„Köster? Warum fahr ich dann nachts um halb vier mit dir ziellos durch die Gegend, wenn wir um die Uhrzeit sowieso nicht ermitteln können?", fragte Marc leicht verärgert.

„Oh, sorry. Ich hab dir noch gar nicht gesagt, wohin es geht. Wir fahren ins Krankenhaus und beziehen dort bis morgen früh Position. Wir sollen jeden kleinen medizinischen Hinweis sofort mit in unsere Ermittlungen aufnehmen. Mir passts ja auch nicht, aber der Chef...", fuhr Köster fort.

„...Jaja, Chefchen, ich weiß schon. Wir sind gleich da", unterbrach Marc ihn.

Die beiden Kommissare hatten gerade die Tilemannschule auf dem Schafsberg passiert, da gerieten sie in einen Stau am Fuße der ansteigenden Straße, die zum Krankenhaus emporführte. Die Polizisten konnten weder vor noch zurück und hatten keine freie Sicht auf das, was den Stau verursachte. Nach knapp einer Stunde waren sie nun am Anfang der Schlange angelangt. Eine Schranke mit einem Wachhäuschen versperrte ihnen den Weg. Ein Sanitäter der Bundeswehr klopfte an ihr Fenster und fragte, wie viele betroffene Personen sie vorhätten einzuliefern. Nachdem der Mann die Dienstausweise der Polizisten mitgenommen und am Wachhäuschen ein Telefonat geführt hatte, stapfte er zum Fahrzeug zurück und wünschte ihnen eine gute Weiterfahrt. Die Schranke öffnete sich langsam, worauf die beiden Polizisten endlich passieren durften. Ein weiterer Sanitäter wies die beiden Polizisten in einen für Krankenhauspersonal reservierten Parkplatz ein und brachte sie zum Eingang des Hospitals.

„Guten Morgen die Herren", stellte sich ihnen ein älterer Mann in langem, weißen Kittel vor.

„Guten Tag, Oberkommissar Köster und das ist mein Kollege, Kommissar Wagner", stellte Köster sich vor und hielt dem Arzt seinen Dienstausweis vor die Nase.

„Dr. Wagner, ich bin hier der Chefarzt", erwiderte der Arzt und gab Köster die Hand.

Marc fiel dem Doktor plötzlich um den Hals, klopfte ihm auf den Rücken und schüttelte ihm die Hand. Köster stand verdutzt daneben und konnte sich keinen Reim darauf machen.

„Diskretion Herr Kommissar, wir sind hier am Arbeiten. Was ist denn eigentlich in dich gefahren?", rüffelte Köster Marc, nachdem er ihn ein Stück beiseite genommen hatte.

„Darf ich vorstellen? Mein Onkel Klaus", erwiderte Marc und deutete mit der flachen Hand auf den Doktor.

„Wir haben uns mindestens ein Jahr nicht gesehen, er hat für Ärzte ohne Grenzen in Indien gearbeitet und hat hier erst kürzlich wieder angefangen", fuhr er fort.

Erneut schüttelte der Doktor Köster die Hand und bat die beiden Kommissare herein.

Die drei Männer schritten langsam durch die große Eingangshalle. Sanitäter aller möglichen Organisationen und Behörden rannten hektisch kreuz und quer durch die Halle, verschwanden, tauchten wenige Zeit später wieder auf und waren daraufhin wieder verschwunden. Türen knallten, an ihnen vorbei trugen Väter, Mütter, Großeltern und andere Personen jeweils kleine Kinder. Sichtlich verzweifelt baten sie um Hilfe an der Notaufnahme, wurden jedoch immer wieder abgewiesen.

„Prioritätsfälle, stellen Sie sich bitte wieder hinten an", hieß es immer wieder.

In der Eingangshalle roch es für ein Krankenhaus sehr untypisch. Es roch eher wie in einem Chemielabor, statt des gewohnten Krankenhausgeruchs.

„Mir wurde zugetragen, dass Sie schon im Bilde sind", begann der Doktor.

„Wir wissen bereits, dass es sich um eine Art Immunschwäche handelt, für die es bisher noch keine Erklärung gibt", antwortete Köster.

„Mehr brauchen Sie fürs Erste auch nicht zu wissen. Allerdings hat sich eine Variable geändert. Seit einer halben Stunde haben wir die ersten Todesfälle zu beklagen. Die Erstinfizierten sind alle innerhalb von zwei Stunden gestorben", informierte der Doktor die beiden.

„Wo können wir heute Nacht unterkommen?", fragte Marc betreten.

„Bereitschaftsraum", grummelte Dr. Wagner und zeigte ihnen den Weg.

Auf dem Weg zum Bereitschaftsraum nahmen die beiden Kommissare erst das ganze Ausmaß der Tragödie wahr. Die Flure waren übersät von leblosen Körpern, die man aus Platzmangel an die Seiten gelegt hatte. Körperflüssigkeiten jeglicher Art liefen an einigen Wänden herunter und bahnten sich ihren Weg über die Flure. Steril war hier nichts mehr, denn das Krankenhauspersonal konnte noch nicht einmal so eine Menge an Patienten aufnehmen oder un-

terbringen, geschweige denn in diesem absoluten Notstand saubere und sterile Räume gewährleisten. Es herrschten medizinische
Zustände, wie man sie nur aus grauen und düsteren Vorzeiten der
Medizin kannte. Marc konnte sich das erste Mal in seinem Leben
vorstellen, welche Zustände nach einer großen Schlacht auf einem
historischen Schlachtfeld geherrscht haben mussten. Er dachte an
die Schlacht bei Waterloo, nach der auch unzählige Körper herum-
gelegen hatten. Auch der bestialische Gestank, die Schreie der
Menschen und die notdürftigen Behandlungen der Ärzte angesichts der Masse der Betroffenen, sowie die stumpfen Behand-
lungsmethoden, mit denen man den Menschen aus der Not heraus
versuchte zu helfen, passten seiner Ansicht nach genau in diesen
Vergleich. Es war schaurig, die Gänge und Flure entlang zu gehen.
Dramatische, gepaart mit Angst einflößenden Szenen spielten sich
vor den Augen der Kommissare ab. Eltern hielten ihre offensichtlich toten Kinder im Arm und flehten vergeblich vorbeilaufende,
überforderte Ärzte an, ihnen zu helfen, während einige Meter weiter andere Menschen, die kurz das Bewusstsein wieder erlangt hatten vor Schmerz schrien, darum baten, dass sie einfach jemand töten möge und mit bloßen Händen versuchten, sich die Bauchdecke
aufzureißen, bevor sie erneut das Bewusstsein verloren und reglos
in sich zusammensackten. Trauer, Entsetzen und Angst beherrsch-

ten Marcs Gefühle und die beiden Kommissare waren erleichtert, als sie endlich den abgeschirmten und ruhigen Bereitschaftsraum erreichten.

Die beiden Kommissare richteten sich ein und versuchten etwas Schlaf aufzuholen. Marc schlief schon tief und fest, während der hart gesottene Köster zwanghaft mit sich selbst kämpfte, wach zu bleiben. Doch auch er verfiel langsam, aber sicher, dem Schlaf.

„Der Schlaf und der Tod, meine Herren, haben eines gemeinsam. Man kann ihnen auf Dauer nicht entrinnen. Da kann man sich einschmeißen oder einkippen was man will, es verzögert doch nur das Offensichtliche und Unausweichliche", waren die ersten Worte, die Köster und Marc zu hören bekamen.

„Wie lange haben wir geschlafen?", wisperte Marc leise und schlaftrunken.

„Vier Stunden, meine Herren", antwortete der Doktor leise.

„Allerdings ist das nicht weiter schlimm. Wir haben weitere Todesfälle während der Nacht gehabt, doch wir sind noch keinen Schritt weiter. Wir wissen noch genau so viel über die Krankheit, wie zuvor", fuhr er fort.

„Ach, bevor ich es vergesse. Ihr Vorgesetzter hat im Krankenhaus angerufen, da Sie auf dem Handy nicht erreichbar waren. Sie mögen ihn bitte direkt zurückrufen", ergänzte der Arzt, während er schon halb in der Tür stand.

„Fuck", platzte es aus Köster heraus.

„Tolle Polizisten sind wir, was?", fragte Marc ironisch und bekam direkt den Todesblick von Köster zugeworfen.

Die Tür schlug mit einem lauten Knall zu, als Köster den Bereitschaftsraum verließ, um mit seinem Vorgesetzten zu telefonieren. Mit einem noch lauteren Schlag flog diese wiederum auf, als er nach einigen Minuten wieder eintrat.

„Abmarsch, Marc. Wir sollen in der Innenstadt nach auffälligen Aktivitäten Ausschau halten", grummelte er, während er die Worte „auffällige Aktivitäten" mit rollenden Augen und gestisch symbolisierten Anführungszeichen unterstrich.

Die Fahrt in die Stadt war grauenhaft. An den Straßenrändern lagen überall bewusstlose Menschen. Die Rettungskräfte kamen mit dem Einsammeln der Bewusstlosen nicht hinterher und es fiel den beiden Beamten schwer, einfach an den hilflosen Personen vorbeizufahren. Marc bekam langsam eine Vorstellung davon, wie es hier zu Zeiten, zu denen die Pest wütete, ausgesehen haben musste. Der silberne BMW kam in der Grabenstraße zum Stehen, um dort letztendlich zu parken. Die beiden Polizisten stiegen aus und begannen ihre Streife. Die Kneipen und Bars, die in der Limburger Innenstadt abends gewöhnlich mit verführerischen Drinks lockten, sahen schrecklich aus. Egal ob Irish Pub, das Planet, die Tonne, die Havannabar oder der Batzewirt, überall bettete man Menschen auf die Kneipentische, während Kellnerinnen und Kellner als Sanitäter und Krankenschwestern zu fungieren schienen.

„Köster?", fragte Marc, während er die Stirn runzelte und zu Boden schaute.

„Was!", bekam er von einem verärgerten Köster an den Kopf geworfen.

„Hab ne Idee, komm mal mit", fuhr Marc leise und scheinbar in Gedanken verloren fort.

Er lief über die Straße, nahm die hupenden Autos nicht einmal wahr, passierte das Fotostudio Karl und lief weiter die Diezer Straße hinauf in Richtung der am anderen Ende der Straße ansässigen Kreissparkasse, wechselte erneut die Straßenseite und blieb vor der Planetbar stehen. Die an der Fassade angebrachten, senkrecht zueinander hängenden Buchstaben, die das Wort „Planet" bildeten, flackerten. Nur der Buchstabe T fehlte. Man konnte es an der Form des sauberen Putzes in der Form des besagten T erkennen.

„Ernsthaft? Denen haben sie jetzt auch noch das T weg gepfändet?", gluckste Köster amüsiert.

„Plane oder Planet, scheißegal. Deswegen sind wir nicht hier", mahnte Marc ihn.

Sie betraten die Bar, wo einige Kellner umher wuselten und die auf den Couchs und Tischen liegenden Bewusstlosen verzweifelt versuchten, wieder zu Bewusstsein zu bringen. Von hinten schob sich eine Hand langsam über die rechte Schulter eines Kellners.

Der wirbelte herum und hatte sofort einen Dienstausweis vor der Nase.

„Hören Sie auf, es bringt nichts. Im Krankenhaus kann man auch kaum etwas für sie tun. Sie können aber uns helfen", begann Köster das Gespräch.

„Ich muss doch den Leuten helfen! Was soll ich denn sonst tun?", fuhr der Kellner ihn an.

„Wenn Sie neue Fälle bekommen, die noch bei Bewusstsein sind, aber die Symptome Schwindel oder Kreislaufprobleme aufweisen, fragen Sie die Leute, was sie von Frühstück an bis zu diesem Zeitpunkt getan haben und notieren Sie. Jedes kleine Detail ist wichtig. Wir wissen weder, was diese Krankheit ist, noch woher sie stammt, doch eins ist sicher: Nach Kontakt mit dem Erreger erreicht sie binnen weniger Stunden ihr volles Ausmaß", erklärte Marc ruhig.

„Ich werde nicht einfach zusehen, wie die Leute mir hier krepieren! Lassen Sie mich gefälligst in Ruhe!", schrie der Kellner empört.

„Hör mir mal genau zu, du Schimmelpilz. Das ist eine Anordnung. Entweder du leistest ihr Folge oder wir lassen dich abholen, verstehen wir uns?", zischte Köster ihm voller Hass ins Gesicht, während er ihn am Kragen packte.

„Bleib ruhig! Ich werde dich in Zukunft nicht bezahlen, also sieh zu, dass es weiterhin der Staat tut oder lebst du gerne in Armut?", flüsterte Marc ihm scharf ins Ohr, während er ihn an der Jacke packte und von dem Kellner wegzog.

„Hören Sie. Ich mache es. Wenn es tatsächlich das einzig Sinnvolle ist, was ich tun kann, um zu helfen, mache ich es", sprach der Kellner nun sichtlich erleichtert, ignorierte dabei allerdings Köster und würdigte ihn keines Blickes.

„Gut. Ich danke Ihnen für Ihre Hilfsbereitschaft", sagte Marc mit gedämpfter Stimme und winkte ihm zum Abschied.

Diese Prozedur wiederholte sich nun noch einmal in allen überfüllten Kneipen, Bars, Cafés und Hotels der Limburger Innenstadt. Die beiden Kommissare waren nun schon seit vier Stunden unterwegs. Gerade als sie Marcs BMW erreichten, raste ein Wagen auf sie zu, machte keine Anstalten langsamer zu werden, geschweige denn einzulenken und krachte schließlich mit voller Wucht in das Polizeifahrzeug. Marc und Köster waren im letzten Moment noch von dem Wagen einen Schritt zurückgetreten und zur Seite gehechtet. Der BMW war mit voller Wucht in ein Schaufenster, vor dem Marc und Köster bis gerade eben gestanden hatten, geschleudert worden. Scherben verteilten sich auf der Straße und dem Bürgersteig. Geschockt erhoben sich die beiden Kommissare von dem von Scherben übersäten Gehweg und schritten langsam auf den völlig zerbeulten Wagen zu, der in Marcs BMW gerast war. Sie blickten durch die Scheibe auf der Fahrerseite. Der Anblick war furchterregend. Das Gesicht des Fahrers war kaum noch erkennbar, es war vollkommen zerfetzt. Allerdings lag das, was von dem Kopf übrig geblieben war auf dem Lenkrad und so konnte man den Eindruck gewinnen, dass der Fahrer am Steuer geschlafen haben könnte.

„Jetzt werden die auch noch am Steuer bewusstlos", stellte Köster fest.

„Mein Wagen! Mein schöner, alter Wagen!", stieß Marc hervor und stand fassungslos vor dem Schaufenster, in dem nun keine Schaufensterpuppen mehr, sondern Marcs völlig eingequetschter BMW eine gute Figur machte.

„Der ist hin", überbrachte Köster Marc die schlechte Botschaft, während er ihm auf die Schulter klopfte.

„Wer jetzt? Mein Auto oder der Fahrer?", fragte Marc in einem herablassend, tiefen Ton und offensichtlich zynisch, nach.

„Kein Grund mich anzupissen, Marc. Wir müssen weiter!", erklärte Köster.

„Kein Empfang", murmelte Marc, während er die Nummer der Dienststelle in sein Handy eintippte.

„Wir gehen rauf zum Dom, da kriegst du sicher wieder Netz rein", entschied Köster.

Die beiden Kommissare liefen durch die Altstadt in Richtung Tonne, wandten sich nach Erreichen dieser nach rechts und schleppten sich den Anstieg zum Dom hinauf. Die sonst so ansehnliche Altstadt war in diesem Moment kein schöner Anblick. Auf den Treppen vor den Häusern lagen Bewusstlose, viele lagen sogar einfach auf den Wegen. Es stank bestialisch nach Urin und Exkrementen in den Gassen und Straßen. Die Kommissare hatten inzwischen den pompös ausgebauten Bischofssitz passiert und standen nun auf dem Domvorplatz.

Marc zog sein Handy erneut aus der Hosentasche und begutachtete den Bildschirm. Anschließend hielt er das Handy mit seinem ausgestreckten, rechten Arm senkrecht über seinen Kopf und lief kreuz und quer über den Domvorplatz. Nach einiger Zeit kam er verärgert zu Köster zurück.

„Immer noch kein Empfang. Und was nu?", fragte Marc inzwischen sichtlich entnervt.

„Kennst du hier jemanden, von dem wir uns ein Auto leihen könnten?", stellte Köster ihm die Gegenfrage.

„Köster! Schau dich doch mal hier um. Glaubst du irgendjemand außer uns ist hier überhaupt noch bei Bewusstsein, geschweige denn leiht uns jetzt sein Auto? Jeder, der konnte, wird aus der Stadt verschwunden sein", fuhr Marc ihn an.

„Wir schließen eins kurz", fuhr Köster unbeirrt fort.

„Oh und so was höre ich von unserem Vorbildpolizisten, Wahnsinn!", erwiderte Marc ironisch.

„Marc, du gehst mir heute ziemlich auf den Sack, weißt du das? Wenn das hier vorbei ist, haben wir ein paar Takte zu besprechen.

Jetzt suchen wir uns aber erstmal einen Wagen", mahnte ihn Köster und gab den Ton an.

Die beiden Kommissare suchten einen Parkplatz nach dem anderen ab, doch es waren kaum Fahrzeuge zu finden.

Eine Stunde später suchten die beiden immer noch nach einem Fahrzeug. Inzwischen suchten sie eine Ebene nach der anderen im Altstadtparkhaus ab, bis sie schließlich auf der untersten Ebene fündig wurden. Ein breites Grinsen zeichnete sich auf Marcs Gesicht ab, als er das Auto in Augenschein nahm.

„Na, ein echtes Prachtstück, was?", fragte Marc Köster zufrieden.

„Ich fasse es nicht. Ein echter Pagode", staunte Köster, während er langsam um den Wagen herumlief, um ihn von allen Seiten zu betrachten.

„Mercedes 230 SL. Das nenne ich mal eine Karre", rief Marc Köster begeistert zu, doch der war inzwischen schon mit dem Kurzschließen des Oldtimers beschäftigt.

Kaum hatte Marc die Beifahrertür erreicht, schon startete der Motor des SL und ihm wurde von innen die Tür geöffnet. Die beiden fuhren durch die inzwischen fast totenstille Stadt. Nur einige Alarmanlagen von Fahrzeugen und Geschäften, deren Schaufenster zerstört worden waren, durchdrangen die Stille. Noch immer lagen die Menschen kreuz und quer auf den Straßen und Bürgersteigen herum, doch niemand rührte sich und außer ihres Mercedes und der Alarmanlagen war nichts und niemand mehr zu hören. Es war gespenstisch. Die Fahrt zum Revier dauerte länger als üblich. Überall auf der Strecke standen Autos herum, die in Gebäude, andere Autos, Leitplanken, Ampeln und Schilder gekracht waren. Viele der Fahrzeuge waren ausgebrannt oder brannten immer noch. Es war fast unmöglich, sich durch die Autowracks zu manövrieren, doch trotz des dichten Rauchs schafften die beiden es, über die neue Lahnbrücke, die eine direkte Verbindung zu den umliegenden Ortschaften und eine indirekte Verbindung zur Autobahn herstellte, zur Offheimer Höhe und zum Revier zu gelangen. Doch als die beiden den Wagen verließen und das Revier betraten, eröffnete sich ihnen ein nicht weniger schlimmer Anblick, als in der Stadt selbst. Kollegen lagen bewusstlos auf den Fluren, andere schrien vor Schmerzen, während wiederum andere sie festhielten. Einige lehnten tot mit einer Eintrittswunde an der Schläfe an den Wänden. Marc schossen die Tränen in die Augen, als er über die Bewusstlosen und Toten stieg, um zum Büro des Chefs vorzudringen. Die beiden erreichten eine Glastür, die allerdings abgeschlossen war. Ihr Chef saß hinter der Tür an seinem Schreibtisch und vergrub den Kopf in seinen Händen. Die beiden Kommissare klopften energisch und ununterbrochen an der Tür, worauf ihr Chef nach einigen Minuten den Kopf hob, die beiden anschaute und langsam an die Tür herantrat.

„Sagen Sie mir bitte, dass Sie was herausgefunden haben", bettelte der Chef Marc und Köster schon fast durch die geschlossene Tür an.

„Es liegen keine neuen Erkenntnisse über die Epidemie vor", antwortete Köster leise und mit gesenktem Kopf.

„Wir haben keinen Erfolg gehabt, Sie telefonisch zu erreichen. Deswegen sind wir hier. Wir haben nur eine Möglichkeit herauszufinden, was passiert ist und eventuell eine Spur zu bekommen. Wir müssen darauf hoffen, dass die Kellner in der Stadt, die wir angewiesen haben, die Aussagen der Neuinfizierten zu notieren, dieser Anweisung nachgegangen sind und noch ansprechbar sind. Vielleicht kommen wir durch die verschiedenen Aussagen auf einen Nenner, eine Spur", erklärte Marc leise.

„Gut. Dann beeilen Sie sich. Uns rennt die Zeit davon. Die Menschen sterben hier wie die Fliegen. Ich verlasse mich auf Sie", entgegnete der Chef nervös, bevor er sich umdrehte, sich an seinen Schreibtisch setzte und den Kopf wieder in seinen Armen versenkte.

Marc und Köster bewegten sich traumatisiert zurück zum Mercedes. Sie konnten nicht begreifen, was gerade um sie herum geschieht und selbst ihr Chef, zu dem sie immer aufgeblickt hatten, saß nur verängstigt und verbarrikadiert in seinem Büro und steckte den Kopf in den Sand. Während der Rückfahrt in die Stadt versuchte Marc verzweifelt seine Freundin Nina zu erreichen. Immer wieder und wieder probierte er sie anzurufen, doch Empfang hatte er nach wie vor keinen. Er versuchte es so lange, bis Köster ihm mit der rechten Hand das Handy abnahm, während er mit der linken das Fahrzeug lenkte.

„Ich habe auch Familie, Marc. Momentan ist es aber wichtiger, dass wir der Sache auf den Grund gehen. Scheinbar sind wir hier die Einzigen, die nicht infiziert sind und noch etwas ausrichten können", ermahnte Köster Marc.

Doch Marc schwieg. Er versuchte immer noch das, was um ihn herum geschah, zu begreifen. In Gedanken verloren starrte er aus dem Fenster. Er sah die düsteren Rauchwolken über Limburg, die zugenommen hatten, die am Fenster vorbei streichenden Wracks und die leblosen Körper der Menschen. Gerade als die Kommissare in die Diezer Straße einbogen und der Planetbar sehr nahe waren, hallte ein Schuss durch die Stille. Etwas schlug in der Windschutzscheibe des SL ein und durchschlug die Rückbank mittig. Köster bremste sofort und die beiden Kommissare flüchteten aus dem Fahrzeug. Marc kauerte an einer Hausecke, die rechte Hand an seiner Dienstwaffe, die noch in ihrem Holster steckte. Sein Blick schweifte zunächst über die Straße, um nach der Gefahrenquelle zu suchen, doch wandte sich relativ schnell nach links. Marc hielt verzweifelt Ausschau nach Köster, doch er konnte ihn nicht sehen.

Dunkler, dichter Rauch zog über die Straße. Die Sicht auf die andere Straßenseite, auf der sich Köster befinden musste, war gleich null.

Marc entschied sich und zog nun langsam seine Waffe aus dem Holster. Beide Augen geöffnet, nur über Kimme und Korn sehend, schlich er langsam und geduckt in die Straßenmitte, um zwischenzeitlich Deckung hinter dem SL zu finden, bevor er die Straße überqueren konnte, um Köster zu suchen.

Der Rauch biss in seinen Augen, die sofort zu tränen begannen. Das Atmen fiel ihm schwer, doch als er plötzlich die Silhouette des Wagens erkennen konnte, sah er, wie sich eine Gestalt am Selbigen zu schaffen machte.

„Die Hände hoch oder ich schieße!", schrie er in die Richtung des Fahrzeugs.

Stille beherrschte weiterhin die Straße. Nur das Prasseln der Flammen war zu hören.

„Köster? Bist du das?", fragte er ängstlich in die Stille hinein.

Marc erschrak, als der Motor des SL plötzlich startete und der Wagen mit quietschenden Reifen aus seinem Sichtfeld verschwand. Der Kommissar schlich vorsichtig weiter, bis er die andere Straßenseite erreichte. Dort lehnte er sich gegen die Wand an einer Hausecke und versuchte seinen Hustenreiz zu unterdrücken, doch es gelang ihm nicht. Er begann laut zu husten, bis ihm eine Hand von hinten den Mund zuhielt und er in die Dunkelheit gezerrt wurde. Er wollte schreien, doch der Griff der Hand um seinen Mund herum wurde fester. Er stieß seinen rechten Ellbogen nach hinten, der seinen Angreifer mit voller Wucht in der Hüfte traf. Er hörte ein Keuchen hinter sich, drehte sich um und richtete seine Waffe auf die Gestalt, die nun am Boden lag und nach Luft schnappte.

„Marc! Ich bins, verdammt!", keuchte die Gestalt.

„Köster! Gott sein Dank! Erschreck mich nie wieder so!", entgegnete Marc und steckte seine Pistole weg.

Marc half Köster auf und die beiden machten sich auf dem Weg zum Planet. Sie mussten feststellen, dass intakte Autos eine sehr begehrte Ware für Plünderer und verzweifelte Einwohner waren, die der Epidemie entfliehen wollten. Wenn man überhaupt noch intakte Fahrzeuge vorfand, waren sie meist aufgebrochen, aber sprangen nicht an. Marc tröstete zumindest der Gedanke, dass diese Plünderer nicht weit kommen würden, denn bei einer Epidemie würden Polizei und Militär von außerhalb einen Quarantäne- und Sperrradius einrichten. Als sie nun die Planetbar erreicht und dessen Glastür passiert hatten, mussten sie feststellen, dass niemand, der hier vorher anwesenden, egal ob Gäste oder Bedienstete, mehr bei Bewusstsein war. Sie stiegen über die Bewusstlosen und fanden schließlich den Kellner, den sie angewiesen hatten, Notizen zu machen. Er lag am Boden und rührte sich nicht mehr. Köster wollte den Mann gerade umdrehen, um ihn zu durchsuchen, da zog ihn Marc zurück. Er drückte ihm ein Paar Handschuhe in die Hand und tippte sich mit dem rechten Zeigefinger gegen die Schläfe. Köster hielt kurz inne, starrte auf den Boden und überlegte. Danach zog er die Handschuhe an, ging in die Hocke und begann den Kellner zu durchsuchen. In dessen rechter Hand fand er auch schnell einen Notizblock, den er an sich nahm, aufstand und zu einem Tisch herüberstieg. Er schob einen der Bewusstlosen, der wohl dort gesessen hatte, bevor er das Bewusstsein verloren hatte, beiseite, setzte sich und begann in dem Notizblock zu lesen.

„Mike Martin: 07:00 – 11:30 Uhr Arbeit, danach Mittagspause bei Asya und Kaffee im Planet

Daniel Winkelbäcker: 06:30 – 12:00 Uhr Arbeit, Toilettengang, danach Mittagspause im Planet

Viktoria Strauß: 07:00 – 12:00 Uhr Arbeit, trifft ihren Partner, danach Mittagspause im Planet

Denise Berger: 07:00 -12:00 Uhr Arbeit, Trinkwasser an Stadtbrunnen aufgefüllt, danach Planet

Patrick Flaschen: 07:00 – 12:00 Uhr Arbeit, besucht Vater im Krankenhaus, danach Mittagspause im Planet

Anmerkung: Denise Berger, Daniel Winkelbäcker; an einem Tisch; waren mit einigen anderen Gästen bekannt; zusammen nach dem Kaffee im Raucherbereich.

Bei allen Gästen in zeitlich geringen Abständen erhöhte Nutzung der
S "

Hier rissen die Notizen plötzlich ab. Der letzte Buchstabe war ein S, das einen Strich über die komplette Seite nach sich zog. An dieser Stelle musste der Kellner das Bewusstsein verloren haben.

Köster steckte den Notizblock ein und begab sich zum Ausgang. Marc folgte.

Die Kommissare durchsuchten den Pub, die Havanna Bar und weitere Bars in Limburg. Nirgendwo war auch nur ein einziger Mensch noch bei Bewusstsein. Wenn überhaupt einer der Bediensteten Notizen gemacht hatte, waren diese denen aus dem Planet sehr ähnlich. Fast alle Gäste hatten ihre Mittagspausen in den Bars verbracht. Doch eines war den Polizisten nun klar. Dieses Virus musste von Mensch zu Mensch durch Körperkontakt übertragbar sein. Die Cafés, Kneipen und Bars mussten der perfekte Verteiler für die Verbreitung des Virus gewesen sein, doch der Ursprung blieb ihnen bis dato verborgen. Sie liefen wortlos bis zum Bahnhofsvorplatz und setzten sich auf eine Bank. Hinter dem Brunnen, in der Einfahrt des Bahnhofes, lag ein entgleister Zug auf der Seite, der mit voller Wucht in den besagten Bahnhof gekracht war, den die beiden Kommissare nun aus der Entfernung musterten.

„Has je ma ne Mack?", fragte ein Obdachloser, der plötzlich schräg rechts vor Marc stand.

„Aaaahhhhhh!", schrie der entsetze Marc, der den Mann nicht wahrgenommen hatte.

„Aaahhhhhhh!", schrie nun auch der seinerseits über den Schrei entsetze Obdachlose.

„Sie können sich doch nicht einfach so anschleichen! Ich dachte hier lebt keiner mehr!", regte sich Marc nun über den Mann auf.

„Ick wes ja nich wat hier los is", erklärte der Mann mit einem merkwürdig berlinerischen Akzent.

„Sie sind ein bisschen weit weg von zu Hause, oder?", fragte Marc, der sich beruhigt hatte und sich über den Akzent des Mannes zu amüsieren begann.

„Nöö?", entgegnete der Obdachlose.

Marc wühlte in seiner linken Hosentasche, fand ein Zwei-Euro-Stück und drückte es dem Mann in die Hand, der nur noch ein kurzes „Danke" von sich gab und anschließend schlurfend in der Bahnhofsunterführung verschwand.

„Ich verstehe nicht, warum einige Menschen scheinbar immun gegen das Virus sind", warf Marc nun auf, während er auf den Boden starrte.

„Es ist wirklich eigenartig. Die Plünderer, dieser Obdachlose, selbst wir, die näher am Geschehen nicht sein könnten, sind verschont geblieben", antwortete Köster.

„Es ist wohl so, wie es ist.", murmelte Marc, der augenscheinlich grübelte.

„Wie bringe ich ein von Mensch zu Mensch übertragbares Virus in Umlauf, ohne selbst krank zu werden und Aufsehen zu erregen?", begann Marc nun plötzlich zu fragen.

„Ins Getränk mischen? Ein solcher Vorfall wurde doch gemeldet", antwortete Köster.

„Nein, ist nur ein Glücksspiel ungesehen mit so etwas durchzukommen", zweifelte Marc.

„Leitungswasser", warf Köster ein.

„Wird ständig kontrolliert und nur wenige Leute haben Zugang zu den Werken. Ein Mitarbeiter wäre zu offensichtlich für uns", folgerte Marc.

„Was ist mit Klimaanlagen oder Lüftungen in Kaufhäusern? Wenn es eine Handvoll Menschen erwischt, überträgt sich die Krankheit sowieso automatisch", fuhr Köster fort.

Das Wasser im Stadtbrunnen, in der Mitte des Bahnhofsvorplatzes, auf dem Marc und Köster saßen, plätscherte sanft gegen die inneren Wände des Brunnens und schimmerte im Licht eines brennenden Müllcontainers, der rechter Hand von Marc und Köster noch leicht vor sich hin loderte und schließlich nur noch glimmte. Marc betrachtete ein kleines Gummiboot, das im Brunnen langsam hin und her trieb. Er runzelte die Stirn.

„Sag mal, Köster. Was ist mit den beiden Brunnen?", flüsterte Marc leise, fast als ob er gerade eine furchtbare Entdeckung gemacht hätte.

„Nur weil jemand mal seine Wasserflasche dort aufgefüllt hat? Da fand ich die Lüftungsschächte noch logischer", kritisierte Köster ihn.

„Köster, denk mal nach. Bei der Hitze kühlen sich die Leute an den Brunnen ab, trinken vielleicht sogar auch daraus. Es war doch die letzten Tage unaushaltbar heiß. Ich hatte auch schon mit dem Gedanken gespielt, mir zumindest mal das Gesicht am Hattsteinbrunnen zu kühlen. Ich würde mir normalerweise ja auch nicht mal Scheiße in den Brunnen von den Händen waschen, so schäbig sind die, aber bei der Hitze hat man ja manchmal kaum eine Wahl", argumentiere Marc.

„Du meinst also, weil die Leute sich an den und in den beiden Brunnen abgekühlt und frisch gemacht haben, erliegen sie jetzt nun diesem Virus? Du hast ne echt blühende Fantasie mein Freund!", warf Köster ihm vor.

„Möglich wäre es doch. Ich glaube, dass die Krankheit bei der Hitze ausgebrochen ist, ist kein Zufall. Schau mal, im Winter sind viele Menschen sowieso krank, da könnte das Virus die Menschen, die sowieso schon krank sind, eventuell gar nicht erst befallen. Für Herbst und Frühling gilt dasselbe in minderer Form. Im Sommer sind allerdings die wenigsten Menschen krank. Perfekte Bedingungen für die Verbreitung des Virus. Und in einem Rekordsommer wie diesem? Was suchen sich die Leute da? Abkühlung in allen Formen. So kann ich, als Superbösewicht, doch am besten mein Virus verbreiten. Theoretisch in Kühlungen, Seen, Flüssen, Getränken, Schwimmbädern und, und, und", begann Marc zu erklären.

„Jetzt, wo ich so drüber nachdenke, ergibt es schon Sinn, aber in Seen und Flüsse müsste ich schon eine ganze Menge von dem Virus geben, damit es dort seine Wirkung entfalten kann. In Flüssen sogar eher gar nicht. Flüsse sind ein offenes System, da sollte ein Virus sowieso nutzlos sein", durchbrach Köster Marcs Gedankengang.

„Genau. Das sind KO-Kriterien. Also streichen wir Flüsse und Seen. Bleiben noch Kühlungen, Getränke, Leitungswasser, Schwimmbäder und die Brunnen. Wenn ich jetzt von einem Einzeltäter ausgehe, der mit möglichst wenig Risiko eine möglichst große Wirkung erzielen will, scheiden meiner Meinung nach zuerst Getränke, dann Leitungswasser, weiterhin Schwimmbäder und zuletzt Kühlungen aus. Überall müsste ich mir unbemerkt Zutritt verschaffen, die nötigen Ortskenntnisse haben und die Aufzeichnungen der Kameras verschwinden lassen. Zu aufwendig und zu risikobehaftet. In Schwimmbädern müsste ich eine verhältnismäßig große Menge des Virus verteilen, ohne dabei entdeckt zu werden. Wenn ich mich allerdings wie andere Menschen am Brunnen abkühle, oder mich sogar rein setze, kann ich unbemerkt eine kleine Menge des Virus freisetzen, zum Beispiel über eine Flüssigkeit. Die kann ich sowohl in einem Reagenzgläschen, wie auch in einer Wasserflasche aufbewahren und freisetzen. Wobei bei Letzterem niemand Verdacht schöpfen würde, wenn ich die Reste meiner Wasserflasche im Brunnen entleere, diese dort neu auffülle und dann weiter gehe", folgte Marc dem roten Faden, der gerade in seinem Kopf entstanden war.

Köster starrte nun schon einige Zeit in Gedanken verloren auf den Brunnen und gab keinen Ton mehr von sich.

„Wir werden uns nicht darauf versteifen, aber es macht Sinn. Wir werden jetzt hoch zum Krankenhaus gehen und deinem Onkel von dieser Theorie erzählen. Vielleicht nützt sie ja etwas im Kampf gegen das Virus. Weiterhin brauchen wir ein medizinisches Update", ordnete Köster an.

Die beiden erhoben sich von der Bank und verließen den Bahnhofsvorplatz.

Vorsichtig bewegten die beiden Kommissare sich durch die Stadt und quälten sich den Schafsberg empor, um das Krankenhaus zu erreichen. Köster atmete schließlich auf, als sie die inzwischen durch Plünderer gefährlich gewordenen Teile der Stadt durchquert, den Anstieg des Schafsbergs hinter sich gebracht hatten und er währenddessen Marcs endloses Gerede darüber, wie anstrengend es doch in der fünften Klasse gewesen sei, diesen Berg jeden Morgen zur Tilemannschule empor steigen zu müssen, kommentarlos über sich hatte ergehen lassen.

Vor dem Krankenhaus gab es immer noch einen Stau, der sich allerdings insofern geändert hatte, dass die Insassen der Fahrzeuge bewusstlos in ihren Autos saßen und vom Wachsoldaten jede Spur fehlte. Die vorher gespenstische Stille wurde lediglich durch das Hupen eines Wagens unterbrochen, dessen Insasse wohl mit dem Kopf auf der Hupe liegen musste. Doch um den Lärm abzustellen, fehlte den beiden Kommissaren die Zeit. Sie betraten das Krankenhaus und stellten zu ihrer Verwunderung fest, dass viele der Menschen wieder bei Bewusstsein waren, zwar in einem sehr schlechten Zustand, doch wieder bei Bewusstsein. Dr. Wagner, der gerade nach einigen Patienten, die in der Eingangshalle lagen, schaute, lief sofort, und vor allem lächelnd, auf die beiden Kommissare zu.

„Sie glauben nicht, was passiert ist!", warf Dr. Wagner den beiden freudestrahlend entgegen.

„Sie haben ein Gegenmittel gefunden?", fragte Köster.

„Ganz so und vor allem ganz so einfach ist es leider nicht. Folgen Sie mir", wies der Doktor sie an.

„Als die Verbindung zum Wachposten abbrach, schickte ich eine Schwester, um nach der Ursache zu suchen, doch sie kam schneller als erwartet und mit einem Paket in der Hand zurück. Sie sah sichtlich verängstigt aus, als sie es mir überreichte", begann der Doktor mit gedämpfter Stimme zu erzählen, während er die beiden Kommissare zu seinem Büro führte.

„Auf dem Paket stand mein Name. Auf dessen Rückseite war eine Geschenkkarte geklebt, die ich Ihnen gerne zeigen möchte. Hier, sehen Sie selbst", fuhr der Doktor verängstigt fort, nachdem er die Bürotür hinter sich geschlossen und Köster die Karte überreicht hatte.

„Sehr geehrter Herr Kollege,

Sehen Sie diese kleine Aufmerksamkeit als vorgezogenes Geburtstags-geschenk.

Verschwenden Sie Ihre Zeit nicht mit Tests des beigelegten Mittels, es ist ein von Mensch zu Mensch übertragbares Gegenmittel. Jedes Todesopfer, das nach dem Erhalt dieses Päckchens noch zu beklagen ist, ist unter Ihrer Verantwortung gestorben. Also Doc, es liegt an Ihnen, ob Sie weiter Zeit verschwenden oder nicht. Ach, und eins noch. Grüßen Sie mir doch bitte die beiden Kommissare und richten Sie meinen Dank für den schönen Oldtimer aus, der fehlte mir noch in meiner Sammlung.

Der S

P.S: Bitte wenden!"

Nachdem er die Karte gelesen hatte, drehte Köster diese um. Auf ihrer Rückseite stand ebenfalls *„Bitte wenden!"* mit dem Zusatz *„Sehen Sie, Sie haben schon wieder zwanzig Sekunden verschwendet, das könnte schon wieder ein Todesopfer mehr sein ;-)"* .

„Marc, was ist das für ein Mensch? Woher weiß er, wer ich bin und wer ihr seid? Was ist das für ein Psychopath, der so etwas tut?", fragte Dr. Wagner Marc verängstigt.

„Klaus, ich denke mal, dass er in erster Linie ein Soziopath und kein Psychopath ist. Wir wissen auch nichts über ihn, nur eventuell darüber, wie er das Virus in Umlauf gebracht haben könnte. Aber der Brief hilft uns, der Sache ein Stück näher zu kommen. Ihr habt das Virus doch wohl getestet oder?", fragte Marc besorgt nach.

„Nein, wir haben tatsächlich keine Zeit es zu prüfen. Diesbezüglich hat er leider recht. Aber es wirkt. Wir haben es in geringen Dosierungen in das Trinkwasser gegeben, das wir den Patienten und dem Personal verabreichen. Die weitere Übertragung des Gegenvirus geschieht über menschlichen, physischen Kontakt, zum Beispiel durch einfaches Handschütteln. Bei der Hitze sind die Hände der Menschen ohnehin geschwitzt und gewährleisten so eine problemlose Übertragung des Gegenmittels", rechtfertigte sich der Doktor.

„Kannst du es auf die gesamte Stadt übertragen, Klaus?, bohrte Marc weiter.

„Wir werden unser Möglichstes tun. Verbreitung über Trinkwasser, das wir ausgeben werden, über Berührungen der Menschen untereinander und falls es schnell reproduziert werden kann oder eine geringe Dosierung ausreicht, auch über die Wasserwerke. Wir werden an einer umfassenden und schnellst möglich durchführbaren Lösung arbeiten", erwiderte Dr. Wagner.

„Danke Klaus, dann haben wir eine Sorge weniger. Wir müssen zurück an unsere Arbeit. Hoffen wir, dass ihr das Virus so schnell wie möglich beseitigen könnt", verabschiedete sich Marc von seinem Onkel.

Die beiden Kommissare verließen das Krankenhaus und setzten sich auf eine Bank zur Rechten des Ausgangs. Die beiden starrten eine Weile zu Boden und versuchten die Gedanken, die durch ihre Köpfe rasten, zu bremsen und zu ordnen.

„Jetzt hat er einen Fehler gemacht. Das bringt uns zumindest etwas weiter", durchbrach Marc die Stille.

„Nein Marc, er spielt mit uns. Ich glaube, er liefert uns ein falsches Profil", brummelte Köster, während er weiter in die Leere starrte.

„Gehen wir doch einfach mal von dem Profil aus, das er uns gerade geliefert hat. Er ist Mediziner oder zumindest in der Branche tätig. Er hat Klaus als Kollegen bezeichnet. Zweifellos ist er ein Soziopath. Er spielt mit uns und denkt, dass er die Oberhand in diesem Spiel hat. Er lässt eine ganze Stadt dahinvegetieren und sterben, um dann kurz vor Eskalation der Situation ein Gegenmittel zu liefern, das den gesundheitlichen Normalzustand wieder herstellen soll. Darin könnte sein Spiel bestehen. Doch wer sind die Gegner? Wir persönlich? Die Polizei? Klaus? Die Medizin im Allgemeinen? Die Bürger Limburgs oder doch die ganze Gesellschaft? Das Land oder der Bund? An wen richtet sich diese Botschaft? Welches Ziel verfolgt er? Rache? Befriedigung? Einschüchterung? Erpressung? Köster, hilf mir doch mal, viel zu viele Ansätze für einen Polizisten alleine", forderte Marc Köster auf.

„Bewahr die Ruhe. Wir haben noch zu wenig in der Hand, um irgendeinem Ansatz zu folgen. Wir müssen den Spuren weiter folgen. Dazu sollten wir zum Einen die Überwachungskamera am Bahnhof und zum Anderen die Verkehrsüberwachungskamera auf der Ampel vor der Plötze checken. Vielleicht entdecken wir ihn oder sie an einem der beiden Brunnen", schlug Köster ruhig und sachlich vor.

Marc nickte nur leicht und gab Köster damit seine Zustimmung zu verstehen. Die beiden Polizisten starrten wortlos noch einige Minuten ins Leere, bevor sie sich erhoben und langsam davon gingen. Nach einem Fußweg von fast einer Stunde erreichten sie schließlich das Polizeirevier. Die Stadt hatte sich während ihres Fußweges langsam wieder zur Normalität verändert. Seuchenschutz, Polizeieinheiten und Militärkolonnen von außerhalb waren in der Zwischenzeit in die Stadt eingerückt und begannen mit medizinischer Versorgung, Verabreichung des Gegenmittels, Aufräumarbeiten und der Herstellung von Ordnung und Sicherheit. Auch Krankenwagen fuhren wieder kreuz und quer durch die Stadt. Lediglich die Einwohner Limburgs waren noch nicht auf die Straßen zurückgekehrt.

Vor dem Revier war ein reger Verkehr an medizinischem Personal, Krankenwagen, Ersatzpolizisten und Seuchenschutzeinheiten. Weder Seuchenschutz, noch Ersatzpolizisten wollten die beiden

Kommissare zunächst in das Präsidium eintreten lassen, bis sie sich einer Dekontaminationsdusche unterzogen hatten. Widerwillig unterzogen sie sich dieser, veräußerten ihre Kleidung an den Seuchenschutz und zogen widerwillig die ihnen bereitgestellten Polizeiuniformen an. Total ermüdet und erschöpft betraten sie nun das Präsidium, um ihren Chef zu suchen, doch ihre Suche endete schneller als erwartet. Als sie am Büro ihres Chefs angelangten, konnten sie nur noch zusehen, wie zwei Männer im Schutzanzug ihn in einen Leichensack steckten und vor dem Büro neben den Leichen vieler anderer Kollegen ablegten. Fassungs- und ratlos standen die Kommissare inmitten des Chaos, das die Behörden versuchten zu beseitigen.

„Köster, Wagner! Köster, Wagner! Köster, Wagner!"; drang es langsam ins Bewusstsein der beiden Männer.

Vor ihnen Stand ein älterer Herr, der sie wohl anbrüllte, doch dies nahmen sie nur nach und nach wahr.

„Zimmer. LKA. Ich würde Ihnen ja die Hand geben, aber Sie wissen schon. Sicher ist sicher", stellte sich der Herr vor.

„Sie beide sind einige der wenigen, glücklichen Überlebenden dieses Präsidiums. Meine Mitarbeiter ermitteln bereits in dem Fall und wir möchten Sie im Boot haben", fuhr Zimmer fort.

„Herr Zimmer, ich würde gerne nach meiner Familie sehen, ob es ihr gut geht und ich glaube Marc ebenfalls nach seiner Freundin", unterbrach Köster ihn leise.

„Ich habe bereits veranlasst, dass jeweils eine Streife und ein medizinisches Notfallteam zu ihren Adressen fahren. Sie werden ebenfalls dorthin gebracht. Ich möchte, dass Sie sich jetzt erst einmal ausschlafen und morgen wieder Ihren Dienst aufnehmen. Sie haben genug für die letzten beiden Tage erlebt. Schlafen Sie sich aus. In diesem Zustand kann ich Sie beide nicht gebrauchen", hielt Zimmer ihnen vor.

Marc wurde wütend, ballte die Faust und trat einen Schritt nach vorne, als Zimmer sich umdrehte und von den beiden abwandte, doch Köster packte ihn an seinem rechten Arm und zog ihn zurück.

„Fahr zu Nina, schlaf dich aus und sei morgen pünktlich. Diese Schlacht schlagen wir an einem anderen Tag", zischte Köster zwischen den Zähnen hervor.

Marc nahm Köster in den Arm, klopfte ihm zwei Mal auf den Rücken und die beiden verschwanden, abgeholt von zwei Streifenwagen.

Der Streifenwagen bog langsam in die Hochstraße ein und kam schließlich vor dem Mehrfamilienhaus zum Stehen, in dem sich Marcs Wohnung befand. Überstürzt riss er die Tür des Wagens auf, stolperte und fiel zu Boden. Einer der Kollegen stieg ebenfalls aus, um ihm zu helfen, doch Marc hatte sich schon halb aufgerichtet und sprintete währenddessen auf die Eingangstür zu, verlor das Gleichgewicht und prallte gegen diese. Er fummelte in seinen Hosentaschen nach seinem Schlüssel, den er mit extrem zitternder Hand versuchte in das zugehörige Loch einzuführen, doch er zerkratzte es nur und traf das Loch nicht. Der Kollege, der inzwischen neben ihm stand, nahm ihm den Schlüssel ab, öffnete ihm die Tür, worauf ihm Marc den Schlüssel entriss und die Stufen in den ersten Stock herauf stürmte. Er atmete tief durch und öffnete die Wohnungstür, verängstigt von dem, was ihn jetzt erwarten könnte. Er betrat die Wohnung und schritt langsam ins Wohnzimmer. Dort lag Nina auf der Couch und wurde medizinisch versorgt. Er wechselte ein paar Worte mit dem Notfallteam, das Nina schon seit einiger Zeit behandelt hatte und seufzte erleichtert. Er atmete tief durch und beruhigte sich langsam. Mit jedem tiefen Atemzug wurde er immer ruhiger und ruhiger. Nina hatte das Virus zwar auch erwischt, jedoch hatte sie ohne Hilfe und ganz alleine durchgehalten, bis das Notfallteam eingetroffen war. Sie schafften es gerade noch, ihr das Trinkwasser mit dem Gegenmittel zu verabreichen. Sie fühlte sich schwach, war aber bei Bewusstsein. Marc fiel ihr erleichtert in die Arme, küsste sie einige Male auf Wange und Stirn und drückte sie fest.

„Aua! Marc, du Blödmann. Mir geht's nicht gut", jammerte sie, hustete kurz und begann ihn anzulächeln, als er sie sofort losließ und mit besorgter Miene über ihr Haar strich.

„Entschuldige, mein Schatz. Ich bin nur so froh, dass dir nichts passiert ist", flüsterte er, setzte sich auf die Sofakante und starrte auf einmal die Wand, statt Nina, an.

Eine Träne kullerte von seinem linken Auge auf seine Wange herab.

„Es ist alles gut, mein Schatz. Das wird wieder. Dich Blödmann kann ich doch nicht einfach alleine auf die Menschheit loslassen. So einfach wirst du mich nicht los", erwiderte Nina und begann zu grinsen.

„Diese ganzen Menschen, das Elend, die Toten und ständig diese Angst, dass du genauso irgendwo liegen könntest. Ich musste professionell bleiben und meine Arbeit tun. Ich konnte nicht früher weg. Ich war krank vor Sorge. Das hat mich fast zerfressen", schluchzte Marc, während eine weitere Träne seine linke Wange hinabkullerte.

Er drehte sich um, damit Nina ihn so nicht sehen konnte.

„Pssssscht. Ruhig, mein kleiner Held vom Kaff. Es ist alles gut. Wir sind beide hier, oder? Und wir leben noch. Ich lass dich nicht alleine", beruhigte Nina ihn, während sie ihm mit der rechten Hand über den Rücken streichelte.

Er drehte sich um, küsste sie zärtlich und behutsam und schaute ihr tief in die Augen.

„Du bist total erschöpft und blass bist du. Leg dich ins Bett und schlaf dich aus. Ich tu dasselbe, kann hier sowieso nicht weg, bin noch zu schwach", fügte sie mit einem Grinsen hinzu.

Wortlos stand Marc auf, hob Nina hoch und trug sie ins Schlafzimmer, wo er sie behutsam auf das Bett legte und zudeckte.

„Heute Nacht bleiben wir zusammen. Ich lass nicht zu, dass dir am Ende doch noch was passiert, während ich hier bin", gelobte er, gab ihr einen Kuss und legte sich noch in seiner Kleidung neben sie. Er schlief sofort ein.

Ein dunkler Schleier zog vor Marc vorüber. Er konnte nichts sehen. Seine Augen brannten und er konnte kaum atmen. Er versuchte zu schreien, doch es kam kein Ton aus seinem Mund. Eine Gestalt bewegte sich langsam aus dem Schleier auf ihn zu. Sie kam näher und näher. Er konnte nur ihren Umriss erkennen, jedoch keine Identitätsmerkmale, wie ein Gesicht, einen bestimmten Körperbau, eine Frisur oder ein Tattoo. Die Gestalt hatte die Form eines Menschen, doch sie war komplett leer, eine Art Hülle, die auf ihn zu schritt. Sie hielt etwas in der Hand, doch er konnte nicht erkennen, was es war. Er versuchte erneut zu schreien und wegzulaufen, doch weder das eine, noch das andere funktionierte. Als die Gestalt in seine unmittelbare Nähe gelangte, versuchte er um sich zu schlagen, doch auch das funktionierte nicht. Die Gestalt stand nun vor ihm und hob die Hand mit dem Gegenstand, den er gerade noch so erkennen konnte. Es musste eine Art Spritze gewesen sein. Die Gestalt hatte den Gegenstand auf Marcs Kopfhöhe gehoben und rammte ihm diesen nun in den Hals.

Schreiend und schweißgebadet wachte er auf und stand kerzengerade im Bett. Nina versuchte ihn, trotz ihrer noch andauernden Bewegungsunfähigkeit, zu beruhigen und tat alles, was in ihrer Macht stand, um ihm zu vermitteln, dass es nur ein Albtraum war, doch es dauerte einige Minuten, bis Marc sich wieder gefangen hatte. Er schnaufte tief durch, entschuldigte sich bei Nina und versuchte erneut einzuschlafen. Schwerlich gelang es ihm und wider Erwarten schlief er durch.

Die Hitze war es, die Marc an diesem Mittag weckte. Völlig verschwitzt richtete er sich auf und schaute auf sein Handy, das auf dem Nachttisch lag. Nina hingegen schlief noch tief und fest. Sie schnarchte sogar ein wenig, was Marc zum Schmunzeln brachte und er als gutes Zeichen interpretierte. Er stellte fest, dass er drei

Anrufe in Abwesenheit erhalten hatte. Alle drei von Köster. Um 8, um 9:30 und den Letzten um 10:00 Uhr. Marc schaute mit einem derart vorsichtigen Blick auf seinen Wecker, als könnte dieser jeden Moment explodieren. Dieser zeigte gerade 13:25 Uhr an.

Erschrocken sprang Marc auf und wollte ohne Frühstück, Körperpflege oder überhaupt sich umgezogen zu haben die Wohnung verlassen. Er war schon mit einem Fuß aus der Tür getreten, da drehte er sich mit einem lauten Stöhnen um, lief zum Wohnzimmertisch, auf dem ein Schreibblock und ein Stift lagen und kritzelte eilig ein paar Zeilen auf den Block, woraufhin er das bekritzelte Blatt aus diesem herausriss und es Nina auf den Nachttisch legte. Kurz darauf rannte er zur Tür, stieß dabei noch eine Vase und den Schirmständer an der Tür um, zog die Tür jedoch hinter sich mit Fingerspitzengefühl zu, um Nina nicht zu wecken. Welchen Sinn das gemacht hatte, fragte er sich auf dem Weg nach draußen zwar, stellte aber schnell ein neues Problem fest, nämlich dass er ja überhaupt kein Fahrzeug hatte, mit dem er zum Präsidium fahren könnte. Niedergeschlagen und plötzlich völlig gelassen zog er sein Handy aus der Hosentasche und wählte demütig Kösters Nummer. Das Freizeichen ertönte.

„Köster?", meldete sich die Stimme am anderen Ende.

„Ich weiß, ich hab verschlafen, hatte eine schlimme Nacht und es tut mir auch wirklich leid Kollege, aber …",begann Marc sich zu rechtfertigen.

„…Marc, es ist alles okay. Ich mach dir keinen Vorwurf. Selbst Zimmer sieht es irgendwie gelassen. Hab ihn übrigens heute kennengelernt. Gar nicht so übel der Kerl, ist halt eben vom alten Schlag. Lass mich raten. Auch Albträume gehabt?", unterbrach ihn Köster.

„Frag nicht, und wie. Wie geht es deiner Familie?", fragte Marc.

„Der geht es glücklicherweise gut. Sie haben nichts abbekommen, haben sich im Keller versteckt. Das Haus wurde verwüstet und geplündert, aber Lisa und den Kindern geht es gut. Das ist die Hauptsache. So, jetzt aber Schluss mit Smalltalk. Wir haben zu arbeiten. Ich schick dir eine Streife vorbei", erklärte Köster.

„Gut, danke dir. Dann sehen wir uns gleich", verabschiedete sich Marc.

„Jo. Gut, tschau", schob Köster noch hinterher und beendete das Gespräch.

Zur gleichen Zeit saß Martin Winkler, Bürgermeister der Stadt Limburg, an seinem Schreibtisch im Rathaus und unterzeichnete einige Papiere. Es klopfte an der Tür. Sein Sekretär betrat das Zimmer, legte ein Päckchen auf dem Schreibtisch ab und unter der Aussage, dass es vor der Tür gelegen habe, verließ er das Zimmer wieder, um erneut seine Arbeit aufzunehmen. Neugierig beäugte der Bürgermeister das Päckchen. Es stand kein Absender darauf, allerdings trug das Päckchen die Aufschrift „An Herrn Bürgermeister Dr. Martin Winkler". Winkler nahm das Päckchen in die Hand, begutachtete es von allen Seiten und fand eine Geschenkkarte auf dessen Rückseite vor. Behutsam entfernte er diese, öffnete sie und begann zu lesen.

„Sehr geehrter Herr Dr. Martin Winkler,

ich bin ein großer Fan Ihrer Arbeit und würde Sie gerne persönlich kennenlernen, wenn Sie verstehen, was ich meine ;) Ich würde Sie gerne zu mir nach Hause auf ein nettes Abendessen und ein paar Gläser Wein einladen. Ach, und da ich Sie neulich auf der Limburger Whiskymesse gesehen habe, anbei noch eine kleine Aufmerksamkeit meinerseits.

Ich kontaktiere Sie schneller als Ihnen lieb ist, um zu erfahren, ob Ihnen mein Angebot gefällt ;)

Mit warmherzigen Grüßen

Die S"

Geschmeichelt und irritiert zugleich öffnete der Bürgermeister das Päckchen und betrachtete dessen Inhalt. Es war eine Flasche „Ardbeg 50 Jahre Edition".

„Ein guter Tropfen", stellte er beeindruckt fest, sah sich einen kurzen Augenblick in seinem Büro um, um sich zu vergewissern, dass in der Zwischenzeit niemand eingetreten war, schnappte sich ein Glas und goss sich eine kleine Menge ein. Er begann den Scotch zu schwenken, setzte seine Nase an das Glas, nahm einen kräftigen Atemzug und trank es genüsslich leer.

In den Fernsehnachrichten wurde parallel ununterbrochen vor der Aufnahme von öffentlich zugänglichen Flüssigkeiten und fremden Getränken gewarnt, doch der Bürgermeister hatte zu viel zu tun und seinen Fernseher auf lautlos gestellt. Er hatte die Meldungen gar nicht wahrnehmen können.

Nachdem er sich einen kurzen Moment zurückgelehnt hatte, verstaute er die Flasche wieder in dem Päckchen und arbeitete weiter. Nach einigen Minuten fiel ihm langsam das Atmen schwer. Er versuchte Luft zu kriegen, doch es wurde immer schlimmer. Krampfhaft schnappte er nach Luft und versuchte, um Hilfe zu keuchen, doch es wurde dadurch nur noch schlimmer. Er rutschte auf seinem Stuhl hin und her, schlug gegen diesen und auf den Tisch, damit ihn jemand hören konnte, doch niemand betrat das Büro. Die Todesangst ins Gesicht geschrieben starrte er während seines Überlebenskampfes verzweifelt auf seinen Fernseher und rang noch eine weitere halbe Minute mit dem Tod, bis er schließlich bewusstlos wurde und mit dem Kopf voran auf seinen Schreibtisch aufschlug. Diesen Lärm wiederum hatte der Sekretär gehört, betrat das Zimmer, um nach dem Rechten zu sehen und fand entsetzt Dr. Winkler mit dem Kopf auf seinem Schreibtisch liegend vor. Er versuchte ihn anzusprechen, fühlte seinen Puls und stellte fest, dass er noch lebte. Umgehend alarmierte er den Notdienst, der sofort ein Team schickte. Als diese jedoch sechs Minuten später eintrafen, war dem Bürgermeister nicht mehr zu helfen. Er war tot. Laut Aussage der Sanitäter sei er scheinbar erstickt, erfuhr der Sekretär, als sie neben dem Leichnam standen, um auf den Arzt zu warten, der die Formalitäten erledigen musste.

Marc war inzwischen von einem Streifenwagen vor dem Präsidium abgesetzt worden. Köster empfing ihn bereits am Eingang und warnte ihn davor, dass Zimmers Laune vor einigen Minuten ziemlich umgeschlagen war. Als die beiden im Krisenstab, der provisorisch im Präsidium eingerichtet worden war, eintrafen, tobte Zimmer vor Wut. Er schrie die Kollegen an, bewarf sie mit Akten und schlug immer, wenn er ein Argument untermauern wollte mit der Faust seiner rechten Hand auf den Holztisch, auf den er sich gerade stützte. Marc fragte sich, wie laut Zimmer wohl schreien musste, wenn er ihn jetzt schon durch die geschlossene Glastür des Büros so laut hören konnte, als ob er direkt vor ihm stünde. Er schluckte zwei Mal, öffnete die besagte Glastür und trat in das Dienstzimmer ein. Zimmer bemerkte ihn gar nicht, in so eine Raserei war er verfallen.

„Sauhaufen! Wer hat euch eigentlich zu Polizisten ernannt! Hier herrscht sowieso schon das komplette Chaos und jetzt seht euch die Scheiße an! Euer verdammter Auftrag ist es, Ordnung und Sicherheit zu gewährleisten! Was habt ihr denn da draußen gemacht, ihr Vollidioten? Wie zum Teufel kann es sein, dass jetzt, wo langsam ein Normalzustand eingekehrt und die Bekämpfung des Virus in vollem Gange ist, auf einmal drei Leichen gleichzeitig im Keller dieses schäbigen Reviers liegen und eine, die dort die ganze Zeit verwahrt war, auf einmal fehlt? Sind denn alle hier blind? Macht gefälligst euren Job oder ich sorge dafür, dass ihr ihn die längste Zeit gemacht habt, verlasst euch darauf, ihr Streifenhörnchen. Und jetzt verdammt noch mal raus! Ich will keinen mehr von euch sehen, zeitlebens nicht! Verschwindet! Muss ich euch denn noch in den Arsch treten oder warum dauert das so lange?", schrie er und trat dem letzten Streifenpolizisten, der den Raum verließ, tatsächlich noch in den Hintern.

Völlig sprachlos standen die beiden Kommissare im Dienstzimmer und beobachteten, wie Zimmer im Raum auf und ab schritt, sich schließlich an ein Fenster stellte und aus diesem hinaus starrte. Er nahm sie offensichtlich überhaupt nicht wahr.

„Ähm, Herr Zimmer, wir …", begann Köster.

„Na sagt mal, hört ihr Gesindel schlecht? Jetzt reißt mir aber wirklich der Geduldsfaden! Ich hab gesagt raus aus meinem Büro! Könnt ihr das verstehen? Die Sprache nennt sich Deu..", schimpfte Zimmer und schlug gegen die Scheibe, bis er sich schließlich umdrehte, die beiden Kommissare erblickte und sein Schimpfen abrupt unterbrach.

„Ach, Sie sind es. Kommen Sie ruhig herein, treten Sie näher und schließen Sie die Tür. Wagner, Sie sind zu spät. Wenn ich das noch einmal erlebe, lernen Sie mich kennen. Seien Sie froh, dass Sie heute aufgrund dessen, was Sie die letzten Tage durchgemacht haben, in Watte gepackt werden", erklärte er, nachdem er sich langsam begonnen hatte zu beruhigen.

Wortlos schloss Köster die Tür und die beiden Kommissare setzten sich auf zwei Stühle, die an einem Schreibtisch standen, der in der hinteren, rechten Ecke des Raumes platziert war. Zimmer ließ sich auf dem Schreibtischstuhl gegenüber der beiden Kommissare nieder.

„Nun denn die Herren, sitzen wir nicht nur gemeinsam an diesem Schreibtisch, sondern leider Gottes fürs Erste auch in einem Boot. Mir gefällt das genau so wenig wie Ihnen, glauben Sie mir, doch konzentrieren wir uns einfach alle auf unsere Aufgaben, dann kommen wir uns auch nicht in die Quere. Die Situation hat sich geändert und drastisch verschlimmert. Ab morgen haben wir zusätzlich das BKA im Revier, da es sich durch das Virus inzwischen um eine bundesweite Gefährdung der Bevölkerung und somit um eine Angelegenheit der Bundessicherheit handelt. Es ist dem BKA, genauso wie dem LKA und schlussendlich auch Ihnen ein Anliegen mit höchster Priorität, den Täter zu finden, damit er als Gefährdung für ganz Deutschland, Gott bewahre, wenn nicht sogar für Europa oder die ganze Welt, aus dem Verkehr gezogen werden kann. Das BKA schickt uns für solche Situationen speziell geschulte Spezialisten, die uns hier unter die Arme greifen sollen. Damit scheiden Sie vorläufig für diesen Fall aus", briefte er die beiden Kommissare.

„Aber, das ist doch...", begann Marc zu protestieren.

„Setzen, Klappe halten, zuhören, Wagner. Sie werden mit einem anderen, nicht minder wichtigen Fall betraut, für den mir nicht nur einfach die Leute, sondern darüber hinaus auch Beamte fehlen, die im Gegensatz zu diesen Hornochsen qualifiziert genug sind. Die einzigen qualifizierten, erfahrenen und vor allem überhaupt Kripobeamte, die ich zur Verfügung stehen habe, sind Sie und darum setze ich Sie auf diesen Fall an und ziehe Sie von unserem großen Fall ab. Wir haben es heute mit drei Toten zu tun gehabt. Wir vermuten, dass alle drei Todesopfer von ein und demselben Täter ermordet wurden. Vielleicht stehen die Morde sogar mit unserem großen Fall im Zusammenhang. Der Direktor der Tilemannschule ist tot, der leitende Beamte der Finanzbehörde in Limburg ebenfalls und sogar der Limburger Bürgermeister. Alles Weitere finden Sie im vorläufigen Bericht und jetzt ab an die Arbeit, Sie haben drei Morde aufzuklären", befahl Zimmer, während er mit ausgestrecktem Arm auf die Tür seines Büros zeigte.

Enttäuscht und eingeschüchtert standen die beiden Kommissare auf und verließen gerade das Büro, da rief ihnen Zimmer noch hinterher : „Achja. Fast hätte ich es vergessen. Die Leiche ihres verstorbenen Chefs, die im Keller provisorisch eingelagert war, ist verschwunden und niemand will etwas gesehen haben. Ich dachte mir, das interessiert Sie vielleicht."

Missmutig zog Köster beim Verlassen des Raumes die Tür hinter sich zu. Nun standen die beiden Polizisten plan- und ideenlos im provisorischen Krisenstab und schauten sich missmutig an.

Nach einer Weile begaben sich die beiden Beamten in ein leer stehendes Büro des Präsidiums und begannen, sich die Akten sorgfältig durchzulesen, wobei sie versuchten, haargenau auf jede Kleinigkeit im Sachverhalt, im KTU Bericht und bei den Zeugenaussagen zu achten. Diese Arbeit war mühsam und kräftezehrend. Marc fielen regelmäßig die Augen zu, jedoch versuchte er sich immer wieder durch Notizen, die er auf einen Zettel kritzelte, wach zu halten. Köster hingegen, der konzentriert las und scheinbar keine Müdigkeit an den Tag legte, geriet immer wieder in bestimmten

Passagen der Berichte ins Stocken, legte die Stirn einige Minuten in Falten, seufzte anschließend und las konzentriert weiter. Immer wieder, wenn er der Meinung war, etwas gefunden zu haben, spiegelte sich der berühmte, erwartungsvolle „Aha-Ausdruck" in seinem Gesicht wieder, der jedoch schnell wieder der gerunzelten Stirn wich. So ging es nun schon einige Stunden und die beiden waren der Lösung des Falles kein Stück näher gekommen, ganz im Gegenteil, Marc war inzwischen schon zum dritten Mal über seiner Akte eingeschlafen, die auf dem Schreibtisch lag, an dem die beiden saßen. Köster nahm einen kräftigen Schluck Wasser aus einer angebrochenen Flasche, die auf dem Schreibtisch stand, richtete sich auf, streckte sich, ging langsam um den Schreibtisch herum und gab Marc mit der flachen Hand einen leichten Schlag auf den Hinterkopf. Der wiederum erschrak, schnellte blitzartig in die Höhe und schaute sich verwundert um. Es dauerte einige Momente, bis Marc wieder seine Umgebung erfassen konnte und realisierte, dass er nicht mehr schlief. Köster teilte ihm mit, er habe eine Spur, wolle ihm dazu aber noch nichts Genaues berichten, da die Zeit dränge. Marc solle ihm einfach vertrauen, denn sollte seine Theorie stimmen, sei Gefahr im Verzug. Unter Marcs lautstarkem Protest verließen die beiden das Büro, ließen sich an der Pforte den Schlüssel für einen der Streifenwagen aushändigen und rasten anschließend hinunter in die Innenstadt. Auf dem Weg mussten sie zahlreiche polizeiliche und militärische Sicherheitskontrollen und Posten passieren, was die Fahrt intensiv verzögerte. Bei jedem Halt, den sie an einem Checkpoint machen mussten, klopfte Köster nervös mit den Fingern beider Hände ununterbrochen auf dem Lenkrad herum, während die Polizisten und Soldaten die Dienstausweise der Kommissare prüften und eine kurze telefonische Rücksprache mit ihren Vorgesetzten hielten, bevor sie zurück an das Fahrzeug traten und ihnen die Weiterfahrt ermöglichten. Die Strecke, für die sie normalerweise noch nicht einmal zehn Minuten brauchten, legten sie nun in etwa einer halben Stunde zurück. Marc schaute nun schon seit einiger Zeit aus dem Fenster. Er beobachtete die vorbei streichenden Häuser auf der Westerwaldstraße, bis kurz darauf die alte Lahnbrücke und der Limburger Dom in Sicht kamen. Anmutig stand der Dom hoch oben auf seinem Felsen, rechts unter ihm und direkt vor den beiden Kommissaren lag die alte, steinerne, mit Fratzen verzierte Lahnbrücke. Sie war zu Zeiten des Mittelalters der Eingang zur Stadt Limburg gewesen. Diese war wiederum ein wichtiger Anlaufpunkt auf der Handelsroute zwischen Frankfurt am Main und Köln gewesen, die direkt durch Limburg verlief. Marc kam der Gedanke, dass sich seit dem Mittelalter daran eigentlich gar nichts geändert habe, sondern dass die Handelsroute lediglich durch die Autobahn A3 ersetzt wurde, die parallel an Limburg vorbeilief. Gerade, als sie den letzten Checkpoint kurz vor der alten Lahnbrücke passiert hatten, um in die Stadt zu fahren, dröhnte ein unaushaltbar lauter Schlag in den Ohren der Kommissare. Sie fuhren gerade langsam über Brücke, als diese einige zehntel Sekunden nach dem dröhnenden Höllenlärm langsam in sich zusammenstürzte und die beiden Kommissare mit sich in die Tiefe riss. Das Dienstfahrzeug schlug mit einem Scheppern, gefolgt von einem lauten Platschen, in der an dieser Stelle nicht zu tiefen Lahn auf und wurde einige Meter flussabwärts getrieben.

Dunkle Schatten und laute Stimmen drangen in Marcs Bewusstsein. Jemand zog kräftig an ihm. Schmerz durchzog seinen Körper und er fror. Er war komplett durchnässt, als man ihn aus dem Wrack des Wagens barg und auf den heißen Asphalt am Lahnufer legte.

„Ist er tot? Er atmet nicht mehr! Du warst doch Sanitäter; Mensch, mach was! Hat schon jemand Verstärkung angefordert? Da drüben sind noch welche! Hilf mir mal einer!", drangen dutzende Stimmen in Marcs Kopf ein und schwirrten dort umher. Er

konnte nichts sehen, konnte zwar hören, was um ihn herum gesprochen und gebrüllt wurde, doch verstand die Bedeutungen der
ausgesprochenen Worte nicht. Sein Gehirn konnte sie nicht einord-
nen, sie nicht in einen Kontext setzen, geschweige denn verarbeiten. Er spürte einen leichten Stich an seinem Arm und es dauerte
nicht lange, da fühlte er sich warm und fühlte keinen Schmerz
mehr, nichts, außer der nackten Angst und der Ungewissheit darüber, was gerade passiert war.

Eine Tür quietschte, ein Stuhl schürfte laut über den Boden und
Stimmen waren zu hören, die lauter und lauter wurden, aber
prompt verstummten, als Marc langsam die Augen öffnete. Langsam schaute er sich um und stellte zu seinem Verwundern fest,
dass ihm seine Umgebung mehr als vertraut war. Er war auf einen
Tisch im Bereitschaftsraum des Krankenhauses gebettet, in dem er
und Köster zuvor bereits gesessen hatten. An seinem provisorisch
errichteten Bett stand Dr. Wagner und beäugte ihn sorgenvoll,
während er sich mit der linken Hand auf den rechten Griff eines
Rollstuhls stütze, in dem Marcs Freundin Nina saß und ihn erleichtert anlächelte.

„Wie geht es dir, mein Schatz?", begann Nina mit besorgter Miene zu sprechen.

„Mein Schädel brummt und ich spüre mein rechtes Bein nicht", antwortete Marc schwach.

„Keine Sorge. Beim Unfall wurde dein Bein eingequetscht, daher spürst du noch nicht wieder alles, aber es kommt zurück, sei diesbezüglich unbesorgt. Du wirst keinen bleibenden Schaden davontragen. Du hattest Glück im Unglück. Der Airbag hat dir einen guten Dienst erwiesen. Dein Bein wird noch einige Zeit blau bleiben, doch in ein paar Tagen ist es wieder voll einsatzfähig und du kannst hier raus. Das versichere ich dir, mein Junge", beruhigte Dr. Wagner ihn.

„Wo....Wo ist Köster?", fragte Marc, nachdem er sich fieberhaft im Raum nach Köster umgesehen hatte.

Dr. Wagner trat mit ernster Miene näher an Marc heran, legte seine rechte Hand auf dessen Schulter und begann zu sprechen:

„Dein Kollege Köster hatte nicht so viel Glück wie du. Er musste sofort mit einem Rettungshelikopter ausgeflogen werden. Er wurde in Gießen notoperiert und ins künstliche Koma gelegt. Meine

Kollegen konnten nicht mehr für ihn tun. Sein Schicksal liegt ab jetzt ganz alleine in der Hand des Herrn. Es tut mir leid."

Marc traf diese Auskunft wie ein Schlag ins Gesicht. Er fühlte sich ohnmächtig, hilflos und begann damit, unter großen Schmerzen immer wieder zu versuchen, sich aufzurichten, um zu Köster zu gelangen, doch Wagner drückte ihn zurück auf die Matratze, woraufhin Marc noch heftiger und aggressiver zappelte und versuchte, sich zu wehren.

„Du bist noch zu schwach! Du musst liegen bleiben, Marc. Du kannst hier nicht weg!"; versuchte der Doktor ihn aufzuklären, doch Marc begann nun, da er seine Füße kaum spüren, geschweige denn benutzen konnte, um sich zu schlagen und zu beißen. Es dauerte keine zehn Sekunden, da waren bereits zwei Pfleger zur Stelle, die dem Doktor halfen, ihn ruhig zu stellen, indem sie ihm ein Beruhigungsmittel verabreichten. Seine Augen wurden schwer, seine Bewegungen lahmer und mit einem bewussten, mit letzter Kraft ausgesprochenem „Fahrt zur Hölle!" kippte er zurück auf die Matratze, sein Körper entspannte sich und auch sein vorher so verkrampftes Gesicht war nun in einen sichtlich entspannten Zustand zurückgekehrt. Dr. Wagner überzeugte Nina davon, dass es das Richtige sei, Marc einige Tage lang ruhig zu stellen, damit seine

Beine wieder einsatzfähig waren, wenn er erneut aufwachte. Denn der Doktor wusste, dass es schwierig werden würde, Marc noch einmal ruhig zu stellen. Auch wenn es zu seinem Besten war, wollte er dies ungern mit Gewalt herbeiführen. Nach einem intensiven Gespräch zwischen Nina und dem Doktor verabschiedeten die beiden sich voneinander und Wagner veranlasste, dass zwei Pfleger sie nach Hause fuhren und ihr zurück in die Wohnung halfen. Er gab ihr einige Medikamente, Tipps für einen gesunden Kreislaufaufbau und eine Notfallnummer mit, falls sie sich bezüglich Marc erkundigen wollte oder selbst einem Notfall unterliegen sollte. So konnte Nina die langsam ins Krankenhaus zurückkehrende Bürokratie umgehen und sich direkt an den Arzt wenden. Wagner setzte sich noch einige Minuten an Marcs Bett und blickte in Nostalgie und Gedanken versunken zu Boden, bis er schließlich aufstand und eilig den Bereitschaftsraum verließ, um nach seinen unzähligen anderen Patienten zu sehen.

Langsam erwachte Marc aus seinem Schlaf. Instinktiv ließ er seine Augen geschlossen und versuchte zunächst akustisch zu erfassen, ob sich weitere Personen im Raum befanden. Er konnte Schritte hören. Jemand lief neben ihm auf und ab. Etwas fiel zu Boden, die Person hob es wohl auf und verließ anschließend den Raum. Zögerlich öffnete er seine Augen, blickte nach links, anschließend nach rechts und riss sich die Kanüle der Infusion aus dem Arm. Schmerzerfüllt rümpfte er die Nase, stand auf, streifte das Patientenhemd ab, zog seine stinkenden und inzwischen verlotterten Klamotten über und schlich sich aus dem Bereitschaftsraum. Es war nicht einfach, sich unbemerkt über die von Patienten, Pflegern und Ärzten überfüllten Flure zu bewegen, doch er schaffte es, ohne Verdacht zu erregen. Zwei Taxis standen abrufbereit vor dem Krankenhaus. Ohne zu zögern, stieg er in das Taxi und vermittelte dem Fahrer eine Adresse. Zu seiner Verwunderung kannte er den Fahrer, ein Freund der Familie. Sie hatten sich schon über zwei Jahre nicht mehr gesehen. Erfreut drückte Marc ihm die Hand und der Fahrer schaltete das Taxameter aus. Auf der Fahrt beherrschte Schweigen den Innenraum des Taxis. Marc schaute aus dem Fenster und beobachtete die vorbei streichenden Häuser und Laternen. Er war erstaunt darüber, wie schnell die Behörden die Stadt wieder unter Kontrolle gebracht und die Ordnung wieder hergestellt hatten. Weder Autowracks, noch ausgebrannte Müllcontainer oder Geschäfte waren zu sehen. Lediglich vom Ruß geschwärzte Hausfassaden und vernagelte Schaufenster erinnerten noch an das Unglück und die vorherigen Zustände. In Gedanken versunken bemerkte er gar nicht, dass sie schon seit einigen Sekunden vor Marcs Wohnung in Dehrn standen. Erst als der Fahrer ihn anstupste, wurde er zurück in die Realität geholt. Geistesabwesend klopfte Marc dem Fahrer auf die rechte Schulter, steckte ihm noch schnell zehn Euro zu und bevor der Fahrer ihm das Geld zurückgeben konnte, hatte er das Taxi verlassen und stand kurz darauf vor seiner Haustür. Eilig betrat er die Wohnung, ging ins Schlafzimmer und begann sich umzuziehen. Nina, die gehört hatte, dass jemand die Wohnung betreten hatte, rollte sich ins Schlafzimmer, wo Marc gerade dabei war, Hosen, Hemden, Shirts und Unterwäsche in eine Tasche zu packen, und begann zu schimpfen.

„Hat dich Klaus entlassen? Ich glaube ja mal sicher nicht! Du sollst gesund werden, du hattest einen Unfall!", schrie sie ihn an.

„Ich liege nicht faul herum, während Köster im Koma liegt und der Attentäter frei herumläuft. Musst du nicht verstehen, ist mir momentan aber auch ziemlich scheiß egal, Nina!", brüllte er zurück.

„Aber mir Vorträge halten, dass ich mich erholen soll und du auf mich aufpasst. Marc, wer passt denn dann bitte auf mich auf, wenn dir jetzt was zustößt? Du bist ein verdammter Dickkopf, denk doch ein Mal an Andere!", verteidigte sich Nina.

„So, jetzt reicht es. Das war eine Grenze, die du da gerade großen Fußes überschritten hast. Für wen mach ich denn den Scheiß hier? Sicherlich nicht nur für mich! Denk mal darüber nach, was du gerade von dir gegeben hast. Ich verschwinde!", schrie er empört, schritt wutentbrannt an Nina vorbei, überlegte es sich noch einmal anders, trat einige Schritte zurück, und drückte ihr einen Kuss auf die Wange, bevor er endgültig verschwand.

Langsam beruhigte er sich. Er saß auf einer Bank am Fuße des Domes, direkt an der Lahn. Den Kopf hatte er in seine Handflächen versenkt, die von seinen Ellbogen gestützt wurden, welche er wiederum auf seine Knie stützte. Er fand den Nenner einfach nicht. Wo lagen die Gemeinsamkeiten zwischen den Ermittlungen und dem Attentat? Offensichtlich hatten die Kommissare jemanden aufgescheucht. Sie mussten ihm zu dicht auf der Spur gewesen sein. Genauer gesagt musste Köster ihm zu dicht auf den Fersen gewesen sein, doch der hatte seine Theorie nicht mehr geäußert. Dadurch stand Marc völlig am Anfang. Die einzige Gemeinsamkeit, die sowohl den großen, als auch den kleinen Fall verbanden, war der Einsatz von chemischen Substanzen, in Form des Virus und unidentifizierbaren Giften. Ob jedoch das Attentat durch herkömmliche Sprengstoffe oder durch den Einsatz von Chemikalien ermöglicht wurde, war Marc unklar und er bestritt es, schloss es aber nicht gänzlich aus. Er erstellte in Gedanken ein Profil des Täters, anhand der bisher bekannten Variablen. Er wusste eigentlich nur, dass sich der Täter mit Chemikalien auskennen, wahrscheinlich sogar Kenntnisse von der Virenforschung haben musste. Doch Alter, Geschlecht, Körpermerkmale, Beruf, Werdegang und alles Relevante, was sonst noch zu einem polizeilichen Profil gehörte, blieb ihm noch verborgen. Er stellte fest, dass er über den Weg des Profils zunächst keinen Schritt weiter kommen würde und lenkte seine Gedanken auf die Motive der Taten. Er fragte sich, warum jemand eine ganze Stadt oder sogar Bereiche in höherer Größenordnung ausradieren wollte, warum jemand Leiter bestimmter Behörden ausschaltete und ein Attentat auf zwei Polizisten verübte. Er war sich sicher, dass all diese Taten in einem Zusammenhang stehen mussten und darüber hinaus überzeugt davon, dass sie auch von ein und demselben Täter verübt worden sein mussten. Er stellte sich die Frage, was der Täter damit erreicht haben könnte und in welcher Weise er aktuell von der Situation profitierte. Doch auch das brachte ihn nur bedingt weiter. Er beschloss, zunächst den in

Limburg größten, ansässigen Pharmakonzern aufzusuchen, Mundipharma. Er schlenderte, immer noch tief in seinen Gedanken versunken, weiter am Ufer der Lahn entlang, bis er die Obermühle, ein Restaurant, das sich in einer alten Wassermühle befand, erreichte, wühlte in seinen Hosentaschen, bis er seine Zigaretten fand, zündete sich eine an, und bewegte sich weiter in Richtung des Bahnhofs. Schnellen Schrittes erreichte er diesen auch nach einer Zeit von etwa fünf Minuten. Er war es leid, ständig auf Taxis angewiesen zu sein, doch er konnte sich weder aus dem Fuhrpark der Polizei einen Wagen beschaffen, noch das Auto seiner Freundin Nina nehmen. Geld spielte für ihn in diesem Fall jedoch eine untergeordnete Rolle. Die untergehende Sonne spiegelte sich in einigen Fenstern des Gebäudes, als Marc aus dem Taxi stieg und auf die Eingangstür des Konzerns zuschritt. Die Dame am Empfang war gerade dabei in ihrer Handtasche nach ihren Autoschlüsseln zu suchen, um Feierabend zu machen, als Marc sie freundlich darum bat, die Chefin im Gebäude zu sprechen, doch die Dame konnte ihn nur auf den nächsten Morgen vertrösten und bat ihn freundlich, das Gebäude zu verlassen, da sie abschließen wolle. Auch als Marc ihr seinen Dienstausweis zeigte, der ihn als Polizist auswies, erklärte die Dame, dass sich niemand mehr im Haus befinde und sie die Polizei gleich morgen früh bei ihrer Chefin anmelden würde. Widerwillig ließ sich Marc hinausbegleiten. Er nahm ein paar tiefe Atemzüge, rollte mit den Augen, seufzte laut und zog sein Handy aus der Hosentasche. Frustriert wählte er die inzwischen auf einer Kurzwahltaste eingespeicherte Handynummer des Taxiunternehmens seines Vertrauens.

Er erreichte das Domhotel in der Altstadt Limburgs. Der Taxifahrer nahm dankend ein kleines Trinkgeld von Marc entgegen, worauf dieser im Hotel verschwand. Marc fragte die Rezeptionistin vorsichtig nach einem Zimmer für die nächste Woche und war schon auf eine Absage gefasst, da das Hotel zu dieser Jahreszeit immer gut besucht war und somit kaum Platz für unangekündigte Einzelgäste war, doch wider Erwarten legte ihm die freundliche junge Frau ein Formular vor, in das er Name, Anschrift und Kontodaten einfügen sollte. Nach einigen Minuten war dieses ausgefüllt und Marc nahm dankend seinen Zimmerschlüssel entgegen. Müde und total erschöpft fiel er in sein Bett und versuchte zu schlafen. Er wälzte sich hin und her, versuchte bewusst an nichts zu denken, doch dass dieser Versuch aussichtslos und frei von jedem Sinn war, wusste er selbst. Marc knipste das Licht an, gähnte, streckte sich und beschloss, noch auf ein Bier in die Hotelbar zu gehen. Der

Fahrstuhl setzte sich mit einem Ruck in Bewegung und transportierte Marc innerhalb weniger Sekunden in das Erdgeschoss, wo er sich an die Theke der Bar setzte. Er bestellte ein großes Dunkles und nahm einen kräftigen Schluck.

„Schweren Tag gehabt? Zu diesem Zeitpunkt sollten Sie Limburg nicht bereisen, glauben Sie mir, es ist eine schöne Stadt. Wäre nicht diese schreckliche Geschichte gewesen, wäre sie das auch weiterhin, allerdings werden die Menschen in Zukunft davor Angst haben, hierher zu kommen, da bin ich mir sicher", begann der Barkeeper das Gespräch.

„Entschuldigen Sie, ich habe nicht richtig zugehört, habe es nur teilweise aufgenommen. Ich bin kein Tourist, ich arbeite hier", erklärte Marc.

„Oh. Wohnten Sie in einem von den Bränden betroffenen Häusern? Ich will Ihnen wirklich nicht zu nahe treten, aber falls Sie Angehörige verloren haben, glauben Sie mir, mir geht es nicht anders. Müsste ich hier nicht den ganzen Tag stehen, würde ich alles in meiner Macht stehende tun, um bei der Aufklärung dieser Krankheit zu helfen und sei es auch nur, dass ich Kaffee für die Wissenschaftler koche. Aber wissen Sie, ich habe Vertrauen in den Staat.

Sehen Sie mal, wie schnell das Chaos hier beseitigt wurde. Das hat die Limburger Polizei nicht einmal ansatzweise geschafft, diese Pfeifen", ließ sich der Barkeeper aus und schnaubte verächtlich.

In Marc kochte die Wut. Er packte den Barkeeper am Kragen und zog seinen Oberkörper über die Theke an sich heran, sodass ihre Gesichter nur einige Zentimeter voneinander entfernt waren.

„Jetzt hör mir mal gut zu, mein Freund. Siehst du diesen Ausweis?", begann Marc mit erzwungener Ruhe in der Stimme und hielt dem Barkeeper den Dienstausweis vor die Nase.

„Ich bin Polizist. Ich habe in den letzten Tagen wenig bis kaum geschlafen, meine Freundin sitzt im Rollstuhl und hasst mich, mein Partner liegt im Koma und die meisten meiner Kollegen sind tot. Und jetzt stell dir mal vor, genau solche Leute wie du sind zufälligerweise, während das Virus um sich griff, plündern gegangen und rate mal, auf wen sie dabei geschossen haben. Richtig, auf die Polizisten, die der Krankheit noch nicht erlegen waren und trotz der Verluste versuchten, die Einwohner Limburgs zu schützen. Wäre ich nicht so verdammt beschäftigt, würde ich dich jetzt in einen Verhörraum setzen, mein Freund. Gut, dass ich größere Probleme als dich habe", fuhr er mit einem messerscharfen Unterton fort, während er den Barkeeper mit einem derart angsteinflößenden Blick anschaute, dass selbst jeder Bär von Mann weiche Knie bekommen hätte.

Marc schubste den Barkeeper, den er zuvor noch am Kragen festgehalten hatte, zurück hinter die Theke, worauf dieser rückwärts gegen einige Flaschen stolperte und sich mit den Händen, die er reflexartig hinter den Rücken genommen hatte, noch gerade so an der Wand abstützen konnte, sodass er nicht zu Boden fiel. Unbeeindruckt trank Marc sein Bier in zwei Zügen leer, wischte sich mit der rechten Hand über den Mund, warf dem Barkeeper noch einen Todesblick zu und verschwand im Fahrstuhl.

Das Telefon auf dem Nachttisch in Marcs Hotelzimmer klingelte.

Die Augen immer noch geschlossen, versuchte Marc nach dem Hörer des Telefons, das auf dem Nachttisch neben dem Bett stand, zu greifen, fasste jedoch einige Male ins Leere, bevor er diesen packen konnte, sich auf den Rücken drehte und ihn sich ans Ohr hielt. Es war die Rezeptionistin, die den von Marc am Abend zuvor gewünschten Weckruf tätigte. Er bedankte sich bei ihr, legte den Hörer auf und begann langsam damit, aufzustehen. Er nahm eine warme Dusche. Das warme Wasser fühlte sich angenehm auf der

Haut an und Marc genoss das Wärmegefühl. Er fühlte sich erfrischt und sauber, was für ihn momentan den Höhepunkt seiner Gefühle darstellte, da er seit Tagen nicht mehr die Gelegenheit gehabt hatte, zu duschen. Fröhlich gestimmt stellte er das Wasser ab, verließ die Dusche und betrachtete missmutig seine total verdreckten und stinkenden Klamotten. Seine Jeans war sogar an mehreren Stellen gerissen. Daraufhin verließ er das Bad, wühlte in seiner Tasche, zog ein frisches Hemd, eine Anzughose und einen Gürtel aus dieser und verschwand erneut im Bad. Einige Minuten später betrachtete er sich kurz im Spiegel und stellte fest, dass er wieder wie ein Mensch aussah. Rasiert, gepflegt, wohlriechend und sauber verließ er das Hotelzimmer, um zu frühstücken, bevor er erneut ein Taxi rufen würde. Das herzhafte Frühstück, bestehend aus Ham&Eggs, Sausages, Brötchen und Kaffee, gab ihm die nötige Energie, die Vorhaben des Tages in Angriff zu nehmen. Gemütlich verließ Marc das Hotel, stieg in sein an der Rezeption bestelltes Taxi und ließ sich vor die Eingangstür des Mundipharmakonzerns fahren. Am Empfang fand er erneut die Dame, die ihn am Vorabend auf diesen Morgen vertröstet hatte, vor. Sie blickte von ihren Notizen auf, sah Marc, lächelte und bedeutete ihm mit dem ausgestreckten Zeigefinger der linken Hand, den sie senkrecht erhob, einen Moment zu warten, während dabei die Handflächeninnenseite ihrer Hand in

Marcs Richtung gewandt war. Mit der rechten Hand griff sie gleichzeitig nach dem Hörer des Telefons, das neben ihr auf der Schreibfläche des Empfangs stand und wählte eine Nummer. Nach dem relativ kurzen Telefonat zeigte die Dame mit der flachen, ausgestreckten, linken Hand in Richtung der Fahrstühle und informierte Marc, dass die Chefin im fünften Stock bereits auf ihn warte. Marc bedankte sich mit einem Lächeln, suchte die Fahrstühle auf und fuhr mit einem der beiden hinauf in den fünften Stock, wo bereits ein junger Mann auf ihn wartete. Er stellte sich als Sekretär von Frau Nebowska vor und bat ihn, ihm zu folgen. Auf dem Weg zum Büro der Chefin nahm Marc einige eingerahmte, an die Wände des Flurs gehängte Urkunden, Preise und Auszeichnungen von Frau Nebowska wahr. Das verriet ihm für den Anfang schon einmal einiges über ihren Charakter. Sie musste wohl als Chefin ein großes Revier für sich in Anspruch nehmen, souverän, von sich überzeugt, wenn nicht sogar vielleicht ein wenig narzisstisch geprägt sein. Doch Marc wusste, wie man mit solchen Menschen umzugehen hatte. Einige Schritte weiter erreichten die beiden Männer eine Tür, durch die sie traten, nur um im Vorzimmer des Büros zu stehen. Der Sekretär wies Marc an, einen weiteren Moment zu warten, klopfte drei Mal an der massiven Eichenholzdoppeltür des Büros, öffnete diese einen Spalt und zwängte sich in das Büro hinein.

Einen Augenblick später öffnete sich die Tür erneut und der Sekretär zwängte sich erneut durch den Türspalt, nur mit dem Unterschied, dass er diesmal hinaus, statt hineinschlüpfte. Er teilte Marc
mit, dass die Chefin nun bereit sei, ihn zu empfangen und öffnete
Marc eine der beiden massiven Türen. Marc nickte und betrat das
geräumige, moderne Büro, an dessen Ende mittig ein Glasschreib-
tisch stand, an dem Frau Nebowska saß und ihn bereits erwartete.

„Kommen Sie näher und nehmen Sie Platz, Herr Kommissar",
bat ihn die Chefin.

Marc trat einige Schritte nach vorne und setzte sich auf einen
der drei Stühle, die vor dem Schreibtisch standen.

„Darf ich Ihnen irgendetwas anbieten? Kaffee? Wasser? Tee?",
fragte sie ihn.

„Gerne. Einen Kaffee würde ich gerne nehmen" , antwortete
Marc.

„Martens!", schrie die Chefin streng durch die massive Tür hindurch, ohne sich einen Zentimeter zu bewegen.

Unverzüglich öffnete sich eine der beiden Türen einen Spalt und
Martens, der Sekretär, zwängte sich in den Raum.

„Ja, Frau Nebowska?", fragte er, bereit ihr jeden Wunsch von den Augen abzulesen.

„Seien Sie doch so gut und bringen dem Herrn Kommissar einen Kaffee, aber bitte schnell", wies sie den Sekretär in einem semifreundlichen Ton an.

„Aber gerne", erwiderte Martens und drückte sich wieder aus dem Türspalt hinaus.

„Wie kann ich der Polizei denn diesmal helfen?", erkundigte sich Frau Nebowska.

„Diesmal? Hatten Sie schon öfter mit der Polizei zu tun, Frau Nebowska?", bohrte Marc skeptisch nach.

„Ähm. Nein. Ich dachte, das sagt man so. Ich hatte noch nie mit der Polizei zu tun, habe es immer nur so in Krimis gesehen", rechtfertigte sich die Chefin und verlor dabei einen Teil ihres sicheren Auftretens.

Marc musste kurz schmunzeln, fing sich jedoch schnell wieder.

„Also, Frau Nebowska. Warum ich hier bin? Ich würde gerne eine Liste von Mitarbeitern haben, die vor Beginn der Seuche auffällig oft krank waren und von denen, die unmittelbar vor der Seuche krankgeschrieben wurden. Und um Missverständnissen vorzubeugen, sage ich es Ihnen direkt jetzt und mit Nachdruck. Wenn ich ‚jeden' sage, meine ich auch jeden, einschließlich Ihnen. Ich möchte nicht noch einmal wiederkommen müssen und Mitarbeiter verhaften, die nicht auf der Liste standen und Sie auch gleich mitnehmen", machte Marc seinen Standpunkt deutlich.

„Beruhigen Sie sich, Herr Kommissar, ich werde das alles in die Wege leiten und ich gebe Ihnen mein Wort darauf, dass Sie eine vollständige Liste erhalten werden. Ich kann es mir nicht leisten, Ärger mit der Polizei zu haben. Ruf und positive Presse sind in dieser Branche das A und O. Folglich werde ich selbstverständlich voll und ganz mit Ihnen kooperieren", sagte Frau Nebowska ihm ruhig und mit einem arroganten Grinsen im Gesicht zu.

„Morgen bin ich wieder da. Bis dahin ist die Liste fertig. Verstehen wir uns da?", befahl Marc regelrecht.

„Aber natürlich, Herr Kommissar", erwiderte Nebowska, die immer noch ihr arrogantes Grinsen aufgesetzt hatte.

„Gut", fügte Marc hinzu, stand auf, drehte sich um und verließ, ohne sich zu verabschieden, das Büro.

Martens lief schnellen Schrittes auf ihn zu, die Augen auf eine Tasse Kaffee gerichtet, die er mit beiden Händen fest umschlossen trug und versuchte, diese schnell ins Büro zu bringen, ohne dabei einen Tropfen zu verschütten.

„Martens", rief Marc.

Der blieb plötzlich stehen, nahm Marc wahr und versuchte die Tasse noch schneller zu Marc zu bringen.

„Nein, Martens. Ich bin auf dem Sprung. Mühen Sie sich nicht ab. Trinken Sie die Tasse selber, nur lassen Sie sich nicht von Nebowska dabei erwischen. Mal unter uns: In Sachen Menschenführung ist die Frau eine Katastrophe. Tun Sie mir den Gefallen und lassen sich nicht zum Sklaven machen. Erheben Sie auch ruhig mal die Stimme gegen Sie, wenn sie Sie ausbeutet", redete Marc ruhig auf Martens ein, klopfte ihm auf die Schulter und verschwand.

Der sprachlose Martens, dem die Kinnlade heruntergeklappt war, brauchte einige Momente, um Marcs Worte zu verdauen, dann schloss er die Vorzimmertür, durch die Marc verschwunden war, schaute sich vorsichtig um und nahm einen großen Schluck vom Kaffee. Ein triumphierendes Grinsen begann sich auf seinem Gesicht abzuzeichnen.

Parallel zu diesen Geschehnissen versuchte Zimmer energisch Kommissar Wagner telefonisch zu erreichen, jedoch ohne jeden Erfolg. Es brodelte in ihm, denn er verlangte von seinen Untergebenen bedingungslosen Gehorsam, eine Berufskrankheit, die man normalerweise bei militärischen Führungskräften vorfindet. Er hatte von Marcs Flucht aus dem Krankenhaus erfahren und wollte diesen zur Rede stellen, nein, er spielte sogar mit dem Gedanken, ihn vorübergehend vom Polizeidienst zu suspendieren. Marc jedoch, der zwar die Anrufe seines neuen Vorgesetzten auf seinem Smartphone empfing und auch bemerkte, verfolgte momentan seine eigenen Ziele und ging dem Ärger mit der Behörde systematisch aus dem Weg. Über die Konsequenzen, die ihm drohen würden, war er sich zwar im Klaren, er verdrängte sie allerdings für den Moment. Auf der Rückfahrt in die Stadt vibrierte Marcs Handy, was im Moment nichts Ungewöhnliches war, jedoch war es diesmal kein Anruf, der ihn erreichte, sondern eine SMS von einer ihm unbekannten Nummer.

„Ich weiß, dass Sie sowohl in den Mordfällen, als auch in dem Seu-chenfall ermitteln. Ich habe Informationen für Sie, die Sie sicherlich inter-essieren werden. Sie treffen mich um 4951584953 an Standort 8311646761179810111011610511711

68105101116107105114991041011110 ", hatte der Unbekannte ge-schrieben.

Völlig ratlos hinsichtlich der Zahlenkombinationen in der SMS, begann Marc sich den Kopf zu zerbrechen. Er bemerkte gar nicht, dass das Taxi bereits vor dem Domhotel zum Stehen gekommen war. Immer noch sichtlich geistig abwesend, drückte Marc unbeab-sichtigt dem Fahrer einen fünfzig-Euro-Schein in die Hand und verließ langsam das Taxi, ohne den Blick von seinem Handy zu nehmen. Mit dem Fahrstuhl fuhr er in die Etage, auf der sein Zim-mer lag, betrat dieses und setzte sich auf das Bett. Fast eine Stunde, es war inzwischen 12:05 Uhr, blickte er auf die Nachricht und kam zu keinem Schluss, doch er kannte jemanden, der sein Problem eventuell lösen konnte. Er schaute auf die Uhr, stellte fest, dass es Mittagszeit und somit Pausenzeit für jegliche Behörden und Fir-men war und rief seinen Freund Max Knittler an, der beim MAD, also dem militärischen Abschirmdienst der Bundeswehr, arbeitete. Da dieser sich gerade in der Truppenküche zum Essen und nicht in einem militärisch abgeschirmten Bereich befand, nahm er das Telefonat auch sofort entgegen.

„Knittler?", sagte die Stimme am anderen Ende der Leitung.

„Hallo Max, alter Oberleutnant, ich bin es, Marc", begann der Kommissar das Gespräch.

„Marc Wagner? Alter, lang nichts mehr gehört von dir. Du hast Glück, dass du mich gerade jetzt erwischst, etwas früher oder später und du hättest mich nicht mehr erreichen können. Du weißt ja..", erklärte Knittler.

„Siehst du mal, Max, mein Gedächtnis funktioniert noch... naja, sagen wir mal, passabel. Du, ich brauche sehr dringend und vor allem sofort deine Hilfe. Höchste Priorität, kann nicht warten", kam Marc zum Punkt.

„Geht es um die Seuche? Üble Geschichte, hab es in den Nachrichten mitbekommen. Bei uns arbeitet zwar auch eine Gruppe daran, aber dazu darf ich dir nichts sagen, eigentlich nicht mal, dass jemand daran arbeitet", erklärte Max.

„Geht mir ähnlich. Ich kann dir nur so viel verraten. Ja, es dreht sich auch um den Fall und es ist wirklich wichtig. Ich habe eine Art

Zahlencode geschickt bekommen und vermute, dass es eine Chiffrierung ist. Ich kenne mich mit solchen Dingen allerdings nicht aus. Kannst du den Code für mich entschlüsseln und mir zurückschicken?", fragte Marc.

„Besteht die ganze Nachricht aus dem Code oder nur einzelne Abschnitte?", forschte Knittler aus.

„Es sind nur Abschnitte der Nachricht", antwortete Marc.

„Alles klar. Ich mach es, aber davon darf absolut niemand erfahren. Du weißt, dass so etwas über den Dienstweg geschehen muss, aber bei der Zeitnot und der Schwere des Falls können wir es nur so handhaben. Schick mir die Nachricht an folgende Nummer. Die Nummer gehört zu einem abhörsicheren Handy", wies ihn Max an und diktierte ihm die Nummer.

„Gut, ich warte auf deine Nachricht. Ich bin dir was schuldig", fügte der Kommissar hinzu und legte auf.

Marc leitete die SMS des Unbekannten an die ihm diktierte Nummer weiter und begann zu warten. Nervös spielte er mit seinen Fingern, wusste nicht wohin mit seinen Händen. Alle fünf Sekunden schaute er auf sein Handy, obwohl er wusste, dass so eine Entschlüsselung seine Zeit brauchen konnte.

Zu seiner Überraschung bekam er jedoch schon nach ein paar Minuten die versprochene SMS.

„Ich weiß, dass Sie sowohl in den Mordfällen, als auch in dem Seuchenfall ermitteln. Ich habe Informationen für Sie, die Sie sicherlich interessieren werden. Sie treffen mich um 13:15 an Standort St. Lubentius – Dietkirchen .

Ergänzung: Der besagte Code ist ein ASCII Code, ein unter Fachleuten bekannter und relativ einfach zu entschlüsselnder Code. Solltest du darüber genauere Informationen suchen, findest du diese ausgiebig im Internet", hatte Max in die SMS geschrieben.

Marc schaute auf seine Uhr und stellte fest, dass er noch ein wenig Zeit hatte. Es war glücklicherweise erst 12:18 Uhr. So hatte er noch Zeit, Vorkehrungen zu treffen. Aus seiner neben dem Bett liegenden Tasche zog er Dienstwaffe und Holster, überprüfte Ladezustand und Funktionsfähigkeit der Waffe, steckte sie in den Holster und befestigte diesen an seinem Gürtel. Als er die Waffe zu Hause in die Tasche gesteckt hatte, nachdem er geflüchtet war, hatte er nicht damit gerechnet, dass er diese noch einmal brauchen würde. Er trug sie für gewöhnlich nicht, wenn es nicht unbedingt sein musste, doch die Situation hatte sich seit dem Anschlag zugespitzt und wurde langsam aber sicher immer gefährlicher und bedrohlicher. Langsam und nervös verließ er das Hotelzimmer und schließlich das Hotel, um sich auf den Weg in die Tiefgarage des Altstadtparkhauses zu machen. Leise vor sich hin fluchend schlich er die Rampen zu den tieferen Etagen des Parkhauses hinunter. Ihm gefiel es ganz und gar nicht, was er nun vorhatte, doch es war nun einmal notwendig. Viele Fahrzeuge standen hier immer noch nicht, jedoch fand man zumindest wieder eine Handvoll vor. Nervös machte er sich an einem der Fahrzeuge zu schaffen, wie es Köster bereits getan hatte, doch merkte er schnell, dass er weder Erfahrung mit diesen Dingen, noch das notwendige Fingerspitzengefühl für so etwas hatte. Erschrocken und ertappt drehte er sich plötzlich um, als ein Wagen die Rampe heruntergefahren kam und vor Marc bremste. Der Fahrer öffnete die Tür seines Fahrzeuges, stieg aus und kam mit großen Schritten auf den Kommissar zu.

„Ey! Was zum Teufel denkst du, was du da machst!", brüllte der Mann im Laufen.

„Ich beschlagnahme das Fahrzeug, ich bin Polizist!", rechtfertigte Marc sich lauthals.

„Ich beschlagnahme dich gleich mein Freund! Wir sind hier nicht in den USA!", schrie der Mann nun noch lauter und ehe Marc sich versah, fand er sich selbst am Boden wieder.

Der Mann, der auf ihn zu geschritten war, hatte ihm ohne Vorwarnung ins Gesicht geschlagen, sodass Marc rückwärts taumelte, das Gleichgewicht verlor und zu Boden ging.

Der Mann stand nun breitbeinig über Marc und lachte.

„Ein Wahnsinnsbulle bist du!", gluckste er, während er sich vor Lachen krümmte.

Marc, der langsam wieder die Besinnung erlangte, legte all seine Kraft in einen Schlag und schlug dem Mann mit all seiner Kraft die Faust in den Genitalbereich. Der Mann, der eben noch siegessicher lachte, ging mit einem vor Schmerz verkrampften Gesichtsausdruck zu Boden und blieb dort in Embryonalstellung liegen. Marc richtete sich langsam, immer noch von Schmerz erfüllt auf, schleppte sich zum Wagen des Mannes und setzte sich auf den Fahrersitz. Der Motor lief noch und der Schlüssel steckte.

„Es tut mir wirklich leid, aber es ist verdammt noch mal wichtig, was ich hier tue! Wir klären das meinetwegen vor Gericht, wenn das hier vorbei ist. Das steht dir zu!", rief Marc noch quer durch die Parkebene, schmiss eine seiner Visitenkarten auf den Boden, schloss die Tür des Fahrzeugs und fuhr davon. Er kam sogar problemlos aus dem Parkhaus heraus, da die Schranke an Aus- und Einfahrt seit Ausbruch des Virus zerstört war. Die Menschen waren in Panik geflohen und hatten die Schranken kurzerhand auf der Flucht kaputt gefahren. Marc fuhr so schnell es ihm möglich war, ohne in der Öffentlichkeit aufzufallen. Er erreichte Dietkirchen um 12:50 Uhr und parkte das Fahrzeug in der Nähe der Kirche. Angespannt lief er linker Hand an der Kirche vorbei und befand sich an einem Aussichtspunkt, von dem aus man einen Blick auf Dehrn, teile Eschhofens und eine Landstraße, umgeben von Feldern, Wald und der Lahn, hatte. Während er wartete, blickte er in die Tiefe. Die Kirche war auf einem großen Felsen errichtet und Marc fragte sich, wie tief es wohl dort hinuntergehen würde und ob man bei einem Fall überhaupt den Ansatz einer Chance haben würde, diesen zu überleben. Eine Frau tauchte hinter ihm auf und stellte sich neben ihn, ohne ihn eines Blickes zu würdigen.

„Sie konnten den Code also entschlüsseln?", begann sie.

„Ich hatte meine Mühe, aber für die Experten war es ein Kinderspiel", erwiderte Marc unbeeindruckt.

„Kommen wir zur Sache. Diese Vorkommnisse, so schrecklich sie auch sein mögen, waren erst der Anfang. Sie haben es hier mit einem weitaus mächtigeren Gegner zu tun, als Sie denken. Auch der Fall umfasst ein Ausmaß, dass kaum ein Mensch sich zu erträumen wagen würde. Die Spur, der Sie folgen ist nicht schlecht, jedoch sollten Sie...", erklärte die Frau selbstsicher und verstummte, plötzlich, als sie sich mit der flachen, linken Hand, an den Hals schlug, als ob sie einen Moskito erschlagen wolle.

„Drecksbiester. Globale Erwärmung. Wusste gar nicht, dass wir die Mistviecher inzwischen schon in Europa beherbergen", sagte sie sichtlich erbost.

„Also. Die Zeit spielt eine zentrale Rolle in ihrem Fall. Ich gehe ein sehr großes Risiko ein, wenn ich mit Ihnen spreche, doch dieses Risiko ist absolut notwendig. Seien Sie gewarnt, dass Sie rund um die Uhr beobachtet werden. Auch in diesem Moment werden wir beobachtet. Konzentrieren Sie sich in Ihrem Fall vor allem auf Han...", fuhr sie fort, stoppte jedoch plötzlich in ihrem Redefluss, begann massiv zu schwanken und kippte so schnell über eine kleine Mauer, die den Aussichtspunkt von der Felskante trennte, nach vorne über, dass Marc nicht rechtzeitig reagieren konnte und die Frau in die Tiefe stürzte. Die Angst ins Gesicht geschrieben, kam Panik in Marc auf. Er bewegte sich vor und zurück, hin und her gerissen zwischen Flucht und dem aussichtslosen Bedürfnis, der Frau zu helfen. Die Angst übermannte ihn letztendlich doch und er trat die Flucht an. Er raste zurück in die Innenstadt, ließ den Wagen unmittelbar vor dem Domhotel stehen und verschanzte sich in seinem Zimmer. Er musste erst einmal verdauen, was gerade passiert war. Er konnte nicht fassen, was er gerade gehört hatte, was das alles, was die Frau ihm gesagt hatte, bedeuten sollte und vor allem, was sie mit „Han" meinte. Er stellte Vermutungen an, ob sie vielleicht Hand, Handschuh, Handschlag, Handy oder Ähnliches aussprechen wollte, konnte sich jedoch keinen Reim darauf machen. Zusätzlich belastete ihn die Vorstellung, dass er immer und überall beobachtet würde und dass er den Beweis zu dieser Aussage gerade vor Augen geführt bekommen hatte. Denn eins war ihm inzwischen klar, nämlich dass diese scheinbar zufälligen Tode geplante

Morde waren und auch kein Moskito die Frau gestochen hatte, sondern irgendetwas anderes, was er sich nicht erklären konnte, sie gezielt ermordet hatte. Gleichzeitig machte er sich Sorgen um Nina, die vielleicht ebenfalls ein potenzielles Ziel für den Täter sein konnte. Am liebsten würde er zu ihr fahren, kam jedoch zu dem Schluss, dass es die Situation wahrscheinlich um einiges bedrohlicher für Nina machen würde, da er ja laut Aussage der unbekannten Frau ständig unter Beobachtung stünde. Schlagartig wurde er aus seinen Gedanken gerissen, als es an der Tür klopfte. Marc reagierte nicht darauf, doch jemand klopfte energisch weiter gegen die Tür. Vorsichtig zog Marc seine Pistole, schlich in Richtung der Tür und blieb knapp einen Meter vor dieser stehen.

„Ja?", sagte er unsicher, aber mit gehobener Stimme.

„Hotelservice. Ihr Wagen steht vor dem Hotel und da kann er nicht stehen bleiben", antwortete die Stimme durch die Tür hindurch.

Langsam schritt Marc an die Tür heran, öffnete diese und versteckte die rechte Hand, mit der er die Pistole umschlossen hielt, hinter seinem Rücken.

„Hier haben Sie den Schlüssel und fünfzig Euro. Parken Sie den Wagen bitte am Ruderklub. Sie wissen schon, wenn Sie von hier aus in Richtung Eschhofen fahren auf der linken Seite vor der Tanzschule. Es gehört nicht zu Ihren Aufgaben, ich weiß, aber das Trinkgeld sollte Sie doch wohl dafür entschädigen", wies Marc den jungen Mann an, der vor ihm stand, wühlte mit der linken Hand in seiner linken Hosentasche herum und übergab dem Mann Geld und Schlüssel.

Der junge Mann grinste zufrieden und versprach, in einigen Minuten wieder zurück zu sein, woraufhin Marc die Tür schloss und sich erneut auf das Bett setzte. Er atmete durch und versuchte wieder einen kühlen Kopf zu erlangen. Er musste einen Plan entwickeln und wusste, dass er mit dem Besuch bei Mundipharma begonnen hatte, die richtige Spur zu verfolgen, allerdings auch, dass er vorsichtig vorgehen musste, denn wenn er nicht bereits suspendiert war, würde Zimmer sicherlich bald damit beginnen, nach ihm suchen zu lassen. Falls es tatsächlich so einfach werden und er den Täter auf der Liste der krankgeschriebenen Mitarbeiter von Mundipharma finden würde, könnte er den Fall bald zu den Akten legen, rasch mit Nina wieder ins Reine kommen, Köster endlich besuchen und nach einer sehr wahrscheinlichen Gerichtsverhandlung bezüglich des gestohlenen Wagens, zumindest versuchen in den Dienst zurückzukehren oder sich zumindest nach einem neuen Job umzusehen, damit sein Leben wieder in geordnete Bahnen gerückt werden konnte. Diese Vorstellung war für ihn zu schön, um wahr zu sein, doch alleine an die Möglichkeit zu denken, beruhigte ihn für den Moment. Erneut klopfte es an der Tür. Marc lief schnellen Schrittes auf diese zu, öffnete sie und wollte gerade anfangen, sich bei dem Hotelservice für das Umparken des Wagens zu bedanken, da schlug ihm eine Faust ins Gesicht. Marc taumelte benommen schräg rückwärts und prallte mit dem Rücken gegen einen Kleiderschrank. Ein eigenartig gekleideter Mann kam schnellen Schrittes auf Marc zu. Er hielt ein silbernes, längliches Röhrchen in der Hand, auf dessen in Marcs Richtung zeigendes Ende sich eine gerade so sichtbare, haarbreite Spitze, eine Art Kanüle befand. Das silberne Röhrchen leuchtete in einem grellen Rotton und flößte Marc eine, aus einem ihm selbst nicht bekannten Grund, tierische Angst ein. An dem Hosengürtel, eine Art zusammengeflochtenes und um die Hüfte gewickeltes Seil, baumelte ein, mit einer Kette befestigtes und somit immer griffbereites, gläsernes Rechteck, das die Form betreffend eine erstaunliche Ähnlichkeit mit einem Smartphone aufwies. Marc versuchte sich wieder aufzurichten, um kampfbereit zu sein, doch bevor er wieder aufrecht stand, hatte der Mann schon mit der linken Hand seinen Hals im Griff und wollte gerade scheinbar mit dem Röhrchen auf Marcs Hals einstechen, da hörte er das Einrasten des Türschlosses und jemand schlug dem Mann das Röhrchen aus der Hand. Während dieser nun von dem jungen Polizisten abließ, sich umdrehte und auf irgendetwas einschlug, richtete Marc sich auf und bemerkte, dass es der junge Mann vom Hotelservice gewesen war, der ihn gerade gerettet hatte. Der jedoch lag nun bewusstlos am Boden. Der überraschte Angreifer hatte ihn in kürzester Zeit k.o. geschlagen. Während der Tat gestört, sprintete der Fremde nun zurück zur Tür, während er im Laufen zwei Mal auf das gläserne Rechteck tippte, das dabei ebenfalls begann, rot zu leuchten. Marc zog seine Pistole, doch der Mann hatte schon die Tür geöffnet und durchschritt diese in dem Moment, als sich ein Schuss aus Marcs Dienstwaffe löste. Der Schuss durchschlug noch das linke Schulterblatt des gerade verschwindenden Angreifers, bevor der nach vorne fiel, die Tür schließlich hinter ihm zuknallte und mit einem lauten Schnappen schloss. Von Schmerz durchdrungen, aber dennoch triumphierend, machte Marc einige Schritte nach vorne, öffnete die Tür, um den verwundeten Angreifer festzunehmen, jedoch fand er auf dem Boden vor der Tür niemanden vor. An der Stelle, an der der Angreifer eigentlich liegen musste, war nichts, nicht einmal eine Blutspur. Verärgert und total perplex zugleich schaute Marc erst links, dann rechts den Flur entlang, jedoch war nirgendwo eine Blutspur, geschweige denn auch nur ein Mensch zu sehen. Er begriff es nicht, entschloss sich allerdings schnell, zur nächsten Priorität überzugehen und dem jungen Hotelmitarbeiter zu helfen. Er kehrte in das Zimmer zurück, hiefte den Mann auf das Bett und verständigte einen Notarzt. Während er auf das Eintreffen der Rettungskräfte wartete, fiel ihm das silberne Röhrchen auf, dass der Angreifer bei seiner Flucht nicht mitgenommen hatte. Das grelle Rot leuchtete noch, jedoch war es nun eine Art Blinken. Das Licht wurde dunkler und dunkler, bis es nicht mehr leuchtete, wurde jedoch direkt danach wieder heller und heller und in diesem Rhythmus wiederholte sich der Vorgang immer wieder. Vorsichtig hob er das Röhrchen auf und erschrak, als zeitgleich mit der Berührung das Licht erlosch und die kleine Spitze, die auf dem Ende des Röhrchens saß, sofort in den Innenraum einfuhr, wie eine Antenne, die man zusammenschob. Marc wusste weder, was dieses Ding war, noch wie es funktionierte, doch er wusste, dass eine Menge Gefahr davon ausgehen musste, wenn jemand versuchte, ihn damit zu ermorden. Er wühlte in seiner Tasche, fand eine alte Filmdose für Fotoapparate, in der er immer diverse Tabletten und Medikamente für den Notfall aufbewahrte, öffnete deren Kappe und ließ das Röhrchen darin verschwinden. Als er die Dose geschlossen hatte, steckte er das Döschen in seine Hosentasche. Er dachte sich, dass das Ding ihn so wenigstens nicht stechen konnte, falls es sich in der Hosentasche wieder ausfahren sollte. Mit schlechtem Gewissen ging er zu dem Bett herüber, auf dem der junge Mann lag, durchwühlte dessen Hosentaschen, fand die Autoschlüssel und steckte diese ebenfalls ein. Jemand klopfte an der Tür und einige Sanitäter inklusive Notarzt traten ein.

„Was ist hier passiert? Was ist mit ihm?", fragte der Notarzt ruhig und deutete auf den Hotelangestellten, der auf dem Bett lag.

„Er wurde k.o. geschlagen, ich muss jetzt allerdings wirklich dringend weg", antwortete Marc.

„Also... Erstens ziehen wir in solchen Fällen die Polizei hinzu, da Sie ihn k.o. geschlagen haben könnten und zweitens gehen Sie so schnell nirgendwo hin. Sie haben sich doch mit dem Mann geprügelt, schauen Sie sich mal an. Sie haben zwei blaue Augen und eine blutende Nase", erklärte der Arzt.

„Hören Sie. Ich bin selbst Polizist und versichere Ihnen, dass ich das nicht war. Außerdem ist das eine blaue Auge von heute Morgen und das andere habe ich mir gerade eben gefangen. Der Angreifer ist allerdings geflüchtet und aus dem Grund muss ich jetzt los und habe keine Zeit für weitere Erklärungen", rechtfertigte sich Marc und verließ den Raum.

Weder die Sanitäter, die den Bewusstlosen behandelten, noch der Arzt hinderten ihn am Gehen, was auch seine Gründe hatte, wie Marc feststellte, als er gerade aus dem Fahrstuhl stieg, um das Hotel zu verlassen. Zwei Polizeibeamte bauten sich vor ihm auf.

„Marc Wagner?", fragte einer der beiden,

„Für euch Kommissar Wagner", entgegnete Marc.

„Wir sind hier um Sie vorläufig wegen Körperverletzung, Diebstahl und dem Verdacht auf Mord an einer noch unidentifizierten Person festzunehmen", erklärte sich einer der beiden Beamten.

„Was? Den Diebstahl und die Körperverletzung gebe ich als guter Polizist ja zu. Ich selbst habe ja meine Visitenkarte hinterlassen, aber einen Mord? An wem denn bitte? Und warum unidentifiziert?", hakte Marc empört nach.

„Jemand hat Sie heute Morgen an der St. Lubentius Kirche in Dietkirchen beobachtet und anonym Bilder auf der Dienststelle eingereicht, die Sie eindeutig belasten. Also, kommen Sie nun mit, Sie kennen die Prozedur", befahl der Polizist und verzichtete darauf, Marc Handschellen anzulegen.

Fassungslos ließ sich Marc abführen. Als die Drei das Domhotel verlassen hatten, konnte Marc erkennen, dass zu seiner linken Seite der Streifenwagen am Straßenrand vor einer Ampel, die die Limburger Altstadt vom sogenannten Neumarkt, ein Platz auf dem wochenends regelmäßig Blumen- und Flohmärkte stattfanden, trennte, parkte. Er dachte darüber nach, wie und zu welchem günstigen Zeitpunkt er flüchten konnte. Auf dem Revier würde er keine Gelegenheit dazu haben, also musste es bald passieren. Die Position des Streifenwagens jedoch gab ihm eine Chance. Er ließ sich bis zu diesem abführen, stieß dem linken Polizisten plötzlich den Ellbogen in den Bauch, wirbelte blitzschnell herum und schlug dem zweiten Polizisten, der zuvor noch rechts hinter ihm gelaufen war, den Handballen seiner rechten Hand auf das Brustbein. Die beiden Beamten krümmten sich vor Schmerz, während Marc in Richtung des Ruderklubs rannte. Er wusste, dass es ungünstig war, an der Straße entlang zu sprinten, da diese eine Gerade und somit ein ungehindertes Schussfeld darstellte. Die Situation wurde vor allem durch die Tatsache bedrohlicher, dass keine Passanten auf der Straßenseite, auf der Marc rannte, umherliefen. Folglich hatten die Beamten ein freies Schussfeld auf ihn. Marc war bewusst, dass er ein enges Zeitfenster hatte, da er den Polizisten gezielt nur einen geringen Schaden, der ihm Zeit verschaffen sollte, und keine schwere und unter Umständen bleibende Verletzung zugefügt hatte. Er beschloss, vor dem Postgebäude links abzubiegen und die verwinkelte Altstadt als alternativen Fluchtweg zum Ruderklub zu nutzen. Die beiden Beamten waren tatsächlich schneller wieder bei Atem, als Marc vermutet hatte. Sie warnten ihn mit den Rufen, dass er stehen bleiben solle oder sie schießen würden und final mit einem Warnschuss in die Luft, doch Marc stoppte nicht. Gerade, als er zu seiner linken Seite in die Altstadt abbog, um seinen Fluchtweg zu wechseln und aus dem Schussfeld fast verschwunden war, hallte ein Schuss durch die Fußgängerzone und streifte den flüchtenden Marc am rechten Arm. Der Kommissar verlor das Gleichgewicht und prallte gegen das Schaufenster eines Geschäftes, das jedoch nicht zerbrach, sondern nur einen dumpfen Schlag von sich gab und zu zittern begann. Er versuchte den Schmerz auszublenden, presste die linke Hand auf die Wunde und flüchtete währenddessen, wie vom Teufel persönlich verfolgt, weiter. Die Polizisten waren ihm dicht auf den Fersen, als er das am Ruderklub abgestellte

Fahrzeug erreichte, den Schlüssel zitternd aus seiner Hosentasche zog, in das Fahrzeug einstieg und den Rückwärtsgang mit der linken Hand einlegte. Er raste rückwärts auf das Ende des Parkplatzes zu und stand plötzlich quer auf der Straße. Während er verzweifelt versuchte, den ersten Gang, erneut mit der linken Hand, einzulegen, schritten die beiden Polizisten mit erhobenen Pistolen frontal auf das Fahrzeug zu. Als sie nur noch einige Schritte von dem Fahrzeug entfernt waren, schaffte es Marc den Gang einzulegen und fuhr mit quietschenden Reifen davon. Ein letzter abgegebener Schuss der Beamten traf die Heckkarosserie des Fluchtfahrzeugs in der Nähe des linken Hinterreifens, bevor die beiden im Rückspiegel des Fahrzeugs immer kleiner und kleiner wurden, bis Marc sie letztendlich nicht mehr sah. Er musste aus der Stadt flüchten und an einem anderen Ort untertauchen. Er raste gerade unter der ICE-Brücke hindurch, welche Limburg mit Köln und Frankfurt verband und parallel zur Autobahn verlief, die an dieser Stelle ebenfalls über eine Brücke führte. Da kam ihm eine Idee, die in ihm die letzte Hoffnung zur erfolgreichen Flucht aufkeimen ließ. Er beschloss, über die Landesgrenze nach Rheinland-Pfalz, genauer gesagt in den Westerwald zu fliehen. Ihm standen jedoch noch zwei Checkpoints im Weg. Allerdings hatte er weder Zeit, noch Möglichkeiten, diese ungesehen zu umgehen. Den ersten Checkpoint,

am Ortsausgang von Eschhofen in Richtung Dehrn, schaffte er un-
auffällig, mit Hilfe seines Dienstausweises zu passieren, doch es
war sehr unwahrscheinlich, dass derselbe Fehler dem zweiten
Checkpoint ebenfalls unterlaufen würde. Marc erinnerte sich an
einen Lehrgang zur Errichtung von Sperrzonen im Katastrophen-
fall, den er vor einigen Jahren besuchen musste. Er hatte dort unter
anderem gelernt, dass die Soldaten und Polizisten, gerade in Fahn-
dungsfällen, alle fünf Minuten Kontakt mit der Leitstelle halten
mussten. Das Zeitfenster, das es ihm ermöglicht hatte, ungehindert
den ersten Checkpoint zu passieren, musste sich inzwischen geschlossen haben. Entweder hatte der erste den zweiten Checkpoint
bereits informiert oder spätestens der Kontakt mit der Leitstelle
hatte diese Information inzwischen für die Beamten zugänglich gemacht. Marc setzte alles auf eine Karte, als er fast am Ende der
Landstraße angelangt war und der Posten, der vor einer kleinen,
steinernen Brücke, die in die Ortschaft Dehrn führte, direkt vor
ihm lag. Er beschleunigte, die Soldaten griffen vom Lärm des auf-
brausenden Fahrzeugs alarmiert, nach ihren Gewehren und zielten
auf den Wagen, während ein Polizist die rechte Hand in einem
rechten, senkrecht aufgerichteten Winkel vor seinen Körper hielt,
um Marc zu bedeuten, dass er das Fahrzeug anhalten solle. Das
Auto fuhr jedoch ungebremst weiter auf die Brücke zu, woraufhin

ein Soldat einen Warnschuss abgab und das abgefeuerte Projektil auf dem Asphalt, knapp neben dem linken Vorderrad des Fahrzeugs abprallte. Marc beugte seinen Oberkörper zur Seite, um Torso und Kopf aus dem Schussfeld, nämlich der Windschutzscheibe, zu nehmen. Lediglich mit einem Auge lukte er knapp und mittig über das Armaturenbrett, um zumindest halbwegs sehen zu können, wohin er eigentlich fuhr. Er war nur noch einige Meter von dem Checkpoint entfernt, da eröffneten mehrere Soldaten das Feuer. Überall um ihn herum zischte und knallte es. Projektile schlugen in die Karosserie ein und die Windschutzscheibe wurde mehrfach getroffen, was Marc die Sicht auf die Straße erheblich erschwerte, da das Glas durch die Treffer gesprungen war. Er selbst war von den Einschlägen verschont geblieben. Die Soldaten sprinteten von der Fahrbahnmitte weg und warfen sich zu beiden Seiten in den Straßengraben, als Marcs Wagen nun durch die Holzschranke des Postens raste, über die Brücke fuhr, anschließend von einem Blitzer, der auf der linken Seite hinter der Brücke neben einem Restaurant, vor einer Kreuzung stand, geblitzt wurde und schließlich im Ort verschwand. Entgegen seinen Chancen schaffte er es nach einer halben Stunde, die Landesgrenze zu überqueren und die Abtei Marienstatt im Westerwald zu erreichen. Marc fuhr vor dem Gästehaus vor, ließ den Motor laufen, stieß die Tür auf der

Fahrerseite des Fahrzeugs auf und schleppte sich an die Pforte. Er blutete stark an seinem rechten Oberarm, weshalb er seine linke Hand weiterhin auf die Wunde presste. Mit letzter Kraft trat er drei Mal kräftig mit dem Fuß gegen die schwere Eingangstür. Aus dem Gebäude hörte er ein Rumpeln und Schritte, die immer lauter wurden. Langsam öffnete sich die Tür und ein Mönch stand vor ihm, der ihn misstrauisch beäugte.

„Das Gästehaus ist ausgebucht, mein Herr. Es tut mir leid. Allerdings können Sie versuchen, in Westerburg oder Hachenburg unterzukommen und uns morgen erneut beehren", versuchte der Mönch Marc zu erklären und versuchte die Tür zu schließen, doch Marc stellte seinen linken Fuß zwischen Tür und Angel, sodass diese nicht schloss. Der Mönch wurde nun sichtlich nervös, wenn nicht sogar ängstlich.

„Hören Sie, ich brauche ihre Hilfe. Ich wurde angeschossen, blute stark und bin auf der Flucht", erklärte Marc dem Mönch, während ihm der Schmerz ins Gesicht geschrieben stand.

Erst jetzt nahm der Geistliche wahr, dass Marc seine linke Hand auf seinen rechten Oberarm presste. Ohne zu zögern stützte er

Marc, begleitete ihn ins Innere des Gebäudes und setzte ihn auf einen alten, hölzernen Stuhl.

„Lassen Sie mal sehen, wie schlimm es ist", sagte der Mönch, griff nach Marcs linker Hand und führte diese langsam und behutsam von dessen rechtem Oberarm weg.

Er begutachtete die Wunde am Arm des Kommissars, drehte sich wortlos um und verschwand in einem Nebenzimmer. Marc wurde nervös und begann mit Füßen und Beinen zu zittern. Er hoffte inständig, dass der Mönch nicht ins Nebenzimmer gegangen war, um einen Notarzt oder die Polizei zu informieren. Nach einigen Sekunden kam der Mönch, dessen Miene nun Besorgnis statt der vorherigen Angst zum Ausdruck brachte, mit einem Verbandskasten in der Hand zurück und ging vor Marc in die Hocke. Mit einem Alkoholtupfer wischte er das Blut beiseite und desinfizierte die Wunde, woraufhin der Kommissar erleichtert aufatmete.

„Sie haben Glück gehabt. Es ist nur ein Streifschuss. Trotzdem haben Sie eine Menge Blut verloren. Wie weit sind Sie denn gefahren? Wie lange sind Sie schon mit dieser Wunde unterwegs? Es ist ein Wunder, dass Sie nicht bewusstlos geworden sind", fuhr der Mönch fort.

„Hören Sie, ich bin Polizeikommissar und bin an dem Seuchenfall und an einem mehr oder weniger privaten Fall dran. Ich glaube allerdings, dass ich gelinkt worden bin und werde jetzt hauptsächlich wegen des Verdachts auf Mord gesucht. Deswegen ist es unheimlich wichtig, dass Sie nicht die Polizei oder einen Notarzt rufen. Die Abtei war meine letzte Hoffnung. Die Kirche steht ihren Gläubigen doch immer in Zeiten der Not bei und dies ist wirklich ein Notfall. Ich brauche einen vorübergehenden Unterschlupf und muss genesen, bevor ich weiter an dem Fall arbeiten kann. Bitte haben Sie doch Verständnis. Vertrauen Sie mir bitte, ich habe wirklich nichts Unrechtes getan. Hier haben Sie sogar meinen Ausweis", flehte Marc, kramte mit der linken Hand in seiner linken Hosentasche und zog den Dienstausweis hervor, den der Mönch auch sofort entgegennahm und begutachtete.

„Hmm. Der ist echt, so viel steht fest. Ob Sie Unrecht getan haben oder nicht, dass wissen nur Sie und der Herr. Trotzdem bekommt derjenige Hilfe, der die Hilfe unter Gottes Dach sucht. Ich persönlich glaube Ihnen sogar, was allerdings keinen Unterschied macht, ob wir Ihnen helfen oder nicht. Wir werden Sie schon wieder hinkriegen. Bleiben Sie, bis Sie genesen sind, danach liegt es alleine in den Händen des Herrn, was mit Ihnen geschieht", gab der Mönch dem Flehen nach, wie ein Vater seinem Sohn.

„Das Auto.... Es darf hier nicht gesehen werden. Jemand muss es...", begann Marc verzweifelt, bevor er in Ohnmacht fiel.

Der Mönch hatte sich während des Gespräches nicht darauf konzentriert, Marcs Wunde zu verbinden, sodass folglich genau das passieren musste.

Marc erwachte. Er lag auf einem Bett in einem spartanisch eingerichteten Raum. Er sah lediglich einen hölzernen Tisch, zwei schlichte Stühle, einen kleinen Kleiderschrank und das Bett, auf dem er lag. Mehr war in diesem Raum nicht vorzufinden. Weiterhin stellte er fest, dass sein Arm verbunden war und der Verband nur noch genau auf der Stelle der Wunde etwas rötlich vom Blut war, jedoch nicht mehr blutgetränkt, wie es in der Regel nach dem Verbinden einer solchen Wunde noch einige Tage der Fall war. Er stand auf und lief langsam im Raum umher, um einen Eindruck davon zu kriegen, wo er sich befand, denn wie er feststellte, war der Raum fensterlos. Die Zimmertür quietschte, die Tür schwang leicht zur Seite und der Mönch, der ihn aufgenommen hatte, trat ein.

„Ah. Sie sind endlich wieder bei Bewusstsein. Ich wollte gerade ihren Verband wechseln und Ihnen eine Mahlzeit vor das Bett stellen. Legen Sie sich wieder hin, mein Junge. Sie sind noch sehr schwach. Sie müssen essen und trinken", sorgte sich der Mönch um Marc.

„Die Gefahr ist gebannt, ich muss hier so schnell wie möglich weg. Ich bin Ihnen wirklich sehr dankbar für alles, was Sie für mich getan haben, aber ich muss hier wirklich weg", versuchte Marc dem Mönch zu erklären, doch der beachtete ihn gar nicht und führte in sanft wieder zurück ans Bett.

„Sie werden den Fall lösen, mein Junge, jedoch geschieht alles zu seiner Zeit. Die Wunde ist erst frisch genäht und Sie sind nicht bei Kräften. In diesem Zustand kommen Sie nicht weit und selbst im Falle dessen wird die Naht aufreißen und Sie stehen wieder am Anfang. Das nächste Mal werden Sie im Handumdrehen bewusstlos, das ist Ihnen doch klar oder?", erklärte der Mönch mit bestechender Logik, die selbst den sturköpfigen Marc überzeugte.

Er legte sich erneut auf das Bett und begann langsam mit dem Essen, während der Geistliche damit begann, seinen Verband zu wechseln.

„Sie hatten nur für zwei Tage das Bewusstsein verloren, wissen Sie? Sie sind ein verdammt zäher Bursche, das muss man Ihnen lassen. Wir haben hier zwar keinen Fernseher, aber ich werde Ihnen, bis Sie genesen sind, täglich die Zeitung bringen, nachdem ich Sie gelesen habe und vielleicht kann ich Sie ja sogar für etwas theologische Literatur gegen die Langeweile begeistern?", fragte der Mönch vorsichtig.

„Ich danke Ihnen vielmals und seinen Sie gewiss, dass ich Ihnen das niemals vergessen werde. Ich nehme alles, was ich kriegen kann, einschließlich der theologischen Literatur", erwiderte Marc und grinste dem Geistlichen zu, der sich daraufhin von dem Bett erhob und freudestrahlend das Zimmer verließ. Marc begann damit, langsam und vor Allem nicht zu viel auf einmal zu essen. Er hatte einen wahnsinnig großen Hunger, doch er zügelte sich. Während er aß, spürte er, wie er alleine durch die Nahrungsaufnahme langsam wieder zu Kräften kam. Stück für Stück verließ das ermattende Schläfrigkeitsgefühl seinen Körper und gab ihm die Fähigkeit, wieder halbwegs anständig zu denken. Er ließ die Geschehnisse der letzten Wochen noch einmal von Anfang an Revue passieren, doch er fand einfach den Zusammenhang zwischen den Vorfällen nicht. Er war sich absolut sicher, dass diese zusammenhingen, doch konnte die Verbindungen einfach nicht finden. Die einzige Möglichkeit, die ihm blieb, war die Liste, die Frau Nebowska für ihn anfertigen sollte, doch er konnte sich nicht zurück in die Stadt trauen, da es einfach zu gefährlich für ihn werden würde. Seine Gedanken wurden abrupt unterbrochen, als der Mönch erneut das Zimmer betrat und ihm die Tageszeitung reichte. Marc bedankte sich bei ihm und als der Mönch gerade das Zimmer verlassen wollte, fügte er noch beiläufig hinzu : „Ach übrigens. Ihren Wagen habe ich persönlich versteckt, den wird vorläufig niemand finden." Anschließend verließ er den Raum. Marc fiel ein riesiger Stein vom Herzen und er fragte sich, wie er dieses Vertrauen und diese Fürsorge in ihn je zurückzahlen konnte. Nach einigen Überlegungen verschob er den Gedanken auf einen späteren Zeitpunkt, wenn alles vorüber sein sollte und schlug die Zeitung auf. Die Meldungen von getöteten Polizeibeamten und Soldaten überschlugen sich. Marc war klar, dass der Mörder wieder zugeschlagen hatte und es auch weiterhin tun würde, wenn er ihn nicht stoppte, doch ihm blieb für den Moment keine andere Wahl, als seine Verwundung auszusitzen. Er brauchte noch einige Tage, um so weit zu genesen, dass der Mönch ihm letztendlich erlaubte, sich langsam durch die Abteigärten zu bewegen. Täglich verfolgte der Kommissar die Meldungen in der Zeitung und seine Besorgnis wuchs. Führungskräfte aller nur denkbaren, in Limburg ansässigen Behörden, wurden immer häufiger tot aufgefunden, jedoch alle mit einer Gemeinsamkeit. Wenn man den Autopsieberichten glauben schenken konnte, hatte man in den Hälsen aller Leichen, kleine, haarbreite Nadeln entdeckt, doch die Giftanalysen ergaben keine Treffer und somit blieben die Todesumstände ungeklärt. Noch schlimmer war jedoch, dass sich unter den Todesopfern nicht nur leitende Beamte befanden, sondern inzwischen auch leitende Führungspersönlichkeiten privater Konzerne und Firmen. Die Behörden jedoch waren ratlos, fanden keine Hinweise und die inzwischen immer wieder kommissarisch geleiteten Führungsstellen waren scheinbar, wie es aus den Artikeln hervorging, eingeschüchtert. Marc konnte sich in die Lage der Bevölkerung versetzen. Auch er selbst hatte Angst, doch eine in ganz Limburg um sich greifende Angst und Panik schaukelte die Situation wahrscheinlich noch weiter hoch. Trotz der schlechten Nachrichten genoss Marc die Spaziergänge in den Abteigärten. Er konnte fühlen, dass er bald wieder genesen und erstarkt war. Weiterhin konnte er in den letzten Tagen zumindest körperlich zur Ruhe kommen. Er aß regelmäßig, nahm ausreichend Schlaf und ordnete seine Gedanken.

Marc war gerade vom Frühstückstisch aufgestanden, an dem er mit einigen Mönchen gesessen hatte und schritt auf die Pforte zu, um, wie inzwischen jeden Tag, in den Gärten spazieren zu gehen. Als er jedoch die Tür öffnete, blieb ihm das Herz stehen. Die nackte Angst ins Gesicht geschrieben, stolperte er einige Schritte rückwärts und der Anblick dessen, was er da vor sich sah, ließ ihm das Blut in den Adern gefrieren. Auf den Stufen vor der Pforte lag die aus dem Polizeirevier spurlos verschwundene Leiche seines ehemaligen Vorgesetzten. Die Mönche, die das Poltern gehört hatten, als Marc vor Schreck rückwärts getaumelt war, standen nun an der Pforte und auch in ihnen machte sich Angst breit. Vollkommen verängstigt blickten sie einander an und zogen sich in die Bibliothek des Hauses zurück, um sich zu beraten. Marc konnte die Leiche nicht verstecken, es brach ihm das Herz und so ließ er die Leiche seines ehemaligen Chefs, in der Annahme, dass sich die Mönche darum kümmern werden, liegen. Verstört und wieder in die Realität, die inzwischen in die Ferne gerückt war, zurückgerufen, schloss er sich in dem fensterlosen Zimmer ein, dass er die letzten

Tage bewohnt hatte. Marc wusste nun, dass er persönlich von dem Mörder verfolgt wurde und er erinnerte sich an die Worte der unidentifizierten Frau, die kurz daraufhin verstarb, nämlich dass er immer und überall beobachtet wurde. Die Tür, die er eigentlich abgeschlossen hatte, öffnete sich plötzlich und ein großer, in einen dunkelblauen Militärmantel gehüllter Mann trat ein. Er hatte kurze, blonde Haare, seine Haut war glatt rasiert und er trug unter dem Mantel eine ebenfalls dunkelblaue Hose und braune Militärstiefel. An seinem Gürtel hing ein gläsernes Rechteck und ein silbernes, blau leuchtendes Röhrchen, ähnlich den Gegenständen, die der Angreifer im Hotel bei sich trug. Von Todesangst getrieben fiel Marc vom Bett und krabbelte rückwärts in die rechte, hintere Ecke des Zimmers, bis er mit dem Rücken an die Wand stieß. Er machte sich bereits auf sein Ende gefasst, da begann der Mann zu sprechen.

„Ach Marc, geht das schon wieder los? Ich vergesse immer wieder, dass du mich eigentlich nicht kennen kannst. Also, ich werde dir nichts tun, sei unbesorgt. Ich bin hier, um dir zu helfen. Ich werde dir helfen und dafür wirst du mir helfen", eröffnete der Mann das Gespräch.

„Wie....Wie....Wie sind Sie denn hier reingekommen, wer sind Sie und woher kennen Sie überhaupt meinen Namen?", begann der immer noch angespannte Marc zu stottern.

„Ich habe nicht viel Zeit für Erklärungen. Der Mann, der dich jagt, wird jeden Moment hier sein. Du musst mit mir kommen. Alles andere erkläre ich dir später, sei dir dessen gewiss. Ich verspreche es dir", erwiderte der Mann, der nun sichtlich unruhig wurde.

Er griff nach dem gläsernen Rechteck, das mit der Berührung ebenfalls blau zu leuchten begann, worauf Marc zusammenzuckte. Er tippte und wischte mit dem Finger einige Male über das leuchtende Glas, trat einige Schritte vor und streckte Marc die Hand entgegen, um ihm aufzuhelfen.

„Marc, wir müssen wirklich los. Die Zeit drängt. Du musst mir jetzt einfach vertrauen. Du hast keine Wahl, wenn du hier bleibst, wird er dich töten. Also komm jetzt bitte mit mir", versuchte der Mann sein Vertrauen zu gewinnen.

Marc war verunsichert, aber aus irgendeinem, ihm selbst nicht bekannten Grund, glaubte er dem Mann. Er nahm seine Hand und zog sich an ihm empor, bis er wieder sicher auf den Beinen stand. Der Mann drehte sich um, warf einen letzten, prüfenden Blick auf das gläserne Rechteck und öffnete die Tür, die er anschließend durchschritt. Marc folgte ihm und stellte verwundert fest, dass er nicht im Flur, der zum Portal des Gästehauses führte, stand, sondern vor der Toilette der Tonne in Limburg, den Rücken zur Tür gewandt. Er folgte dem Mann durch die Kneipe, bis in den Außenbereich. Hier fand er allerdings nicht die gewohnten Holztische, sondern massive Metalltische und metallische Stühle vor. Der Mann bewegte sich auf einen Tisch zu, setzte sich an diesen und bedeutete Marc mit einer Handbewegung, dass er sich zu ihm setzten sollte. Verwirrt folgte Marc ihm und ließ sich gegenüber von ihm an dem Tisch nieder. An jeder Seite des Tisches waren mittig vor dem Gast Glasplatten auf der Tischplatte angebracht, sodass er insgesamt vier dieser merkwürdigen Platten zählte. Der Mann legte nun das gläserne Rechteck auf den Tisch, genau neben die Glasplatte, vor der er saß, und tippte erneut auf dem Rechteck herum. Mit einem metallischen Klicken und einem kurzen Zischen, standen plötzlich zwei Bierflaschen vor ihnen auf dem Tisch, eine auf der Glasplatte, vor der Marc saß und eine auf der Platte, vor der der fremde Mann saß. Spätestens jetzt begann Marc zu glauben, dass er träumte oder langsam den Verstand verlor. Er begann damit, sich selbst zu ohrfeigen, in der Hoffnung, dass er einfach aus diesem bösen Traum erwache, doch es half nicht. Der Mann begann herzhaft zu lachen und lehnte sich nach vorne, woraufhin er beide Ellbogen auf dem Tisch abstützte, die Arme diagonal, einander zugewandt, nach oben streckte, und die Hände ineinander legte.

„Was verdammt noch mal geht hier vor sich? Wie haben Sie das gemacht? Und vor allem, wo sind wir? Das hier ist ja offensichtlich die Tonne und die Häuser der Altstadt um uns herum sehen auch wie üblich aus, aber das hier ist doch irgendwie schon, aber irgendwie auch nicht, irgendwie, irgendwie..... Ach, keine Ahnung. Was haben Sie mit mir gemacht, verfickt nochmal?", fragte Marc und brach danach in wüste Schimpfereien aus.

„Also. Ich erkläre dir alles ruhig und sachlich, was du wissen möchtest. Zunächst ist es aber erst einmal wichtig für dich zu wissen, dass wir hier vorläufig in absoluter Sicherheit sind. Wie du richtig erkannt hast, befinden wir uns hier in Limburg an der Lahn, genauer gesagt in der Altstadt. Das hier ist auch die Tonne und die Häuser sind auch die, die du kennst. Hier hat sich nicht viel geändert, im Gegensatz zu anderen Orten. Der einzige Unterschied zwischen dem Limburg, das du kennst und diesem hier, ist die Zeit. Wir befinden uns nicht mehr im Jahr 2014, sondern im Jahr 2132. Ach, Glückwunsch übrigens zu deiner ersten Zeitreise, die hast du erstaunlich gut weggesteckt. Die Meisten fangen danach erst mal an zu kotzen und drehen im Anschluss durch, wenn sie erfahren, was gerade passiert ist", begann der Mann zu erklären, gluckste vergnügt und nahm einen Schluck von seinem Bier.

Marc lief ein kalter Schauer über den Rücken und ein Gefühl der Bewusstlosigkeit, ähnlich wie bei einem schwachen Kreislauf, machte sich in ihm breit. Er konnte und wollte nicht glauben, was er da gerade gehört hatte. Erneut begann er damit, sich zu ohrfeigen, doch auch wie zuvor wachte er nicht aus einem Albtraum auf, lediglich seine Wangen begannen langsam zu erröten.

„Okay? Und du bist dir wirklich sicher, dass das alles hier gerade wirklich passiert? Dass es wirklich real ist und kein schlechter Witz oder böser Traum?", fragte Marc besorgt nach.

„Kein böser Traum und auch kein Witz. Lediglich eine immer wiederkehrende Notlösung", erwiderte der Mann ruhig.

„Ich befinde mich also im Jahr 2132 in Limburg an der Lahn mit einem Fremden, der mich gerade aus einer Abtei entführt hat, richtig?", suchte Marc erneut Bestätigung, da er das Geschehene immer noch nicht glauben wollte.

„Marc, ich weiß, dass es schwer zu glauben ist, aber ich kann dir nur den Rat geben, das einfach für den Moment hinzunehmen und zu akzeptieren. Wir arbeiten nämlich an ein und demselben Fall, der leider zeitübergreifend ist. Das heißt im Klartext, dass wir konzentriert arbeiten müssen und je schneller du das hier akzeptierst, desto früher können wir damit beginnen, unsere Arbeit aufzunehmen", beruhigte der Mann Marc.

„2132 also. Das ist verdammt weit weg", stellte Marc, immer noch fassungslos, fest.

„Naja, es geht. Schau dir mal an, wie lebendig der erste Weltkrieg in eurer Zeit in Erinnerung gehalten wird und wie nah er dadurch wirkt. So weit ist er eigentlich gar nicht von euch entfernt. Ähnlich verhält es sich mit der Zeitspanne von deiner Zeit, bis zu meiner Zeit", erklärte der Mann.

„Woher kennen Sie eigentlich meinen Namen?", bohrte Marc.

„Das alles hier ist schon einmal geschehen, aber wir beide haben versagt und so musste ich wieder von vorne beginnen und zum Anfang der Geschichte, nämlich in die Abtei reisen. Es ist schwierig, es dir genau zu erklären, aber stell es dir als eine Art Zeitschleife vor, die wir nun endlich schließen werden", ging der Mann auf Marcs Frage ein.

„Das ist zu viel für mich. Ich habe das Gefühl, dass mein Gehirn das nicht verarbeiten kann. Ich schaffe das nicht", sagte Marc und warf die Stirn in Falten.

„Trink dein Bier aus. Ich bringe dich zunächst einmal bei mir unter. Du solltest schlafen und versuchen, das Ganze hier zu verarbeiten. Morgen wirst du bereit dafür sein, dann erkläre ich dir den ganzen Rest", erwiderte der Mann und erhob sich von seinem Stuhl. Er wies Marc an, ihm zu folgen.

Der Mann führte Marc durch die Altstadt, quer über den Neumarkt, bis hin zum Bahnhof. Mit einem hatte der Mann tatsächlich recht gehabt. In der Stadt selbst hatte sich praktisch und architektonisch nicht viel verändert, allerdings nahm Marc trotzdem einige Neuerungen der Technik wahr. Auf den Schaufenstern der Geschäfte liefen Schriftzüge von links nach rechts quer über die Scheibe, sogar Videos tauchten immer wieder auf der Scheibe auf und verschwanden wieder nach deren Wiedergabe. Auch auf den wechselweise gläsernen und metallischen Tischen vor den Cafés wurden auf den Glas- oder Metalloberflächen Videos abgespielt, um die meist einige Personen saßen und diese begutachteten. Es verhielt sich scheinbar nicht mehr wie in Marcs Zeit, in der Menschen noch das Smartphone umherreichten, um ihren Sitznachbarn

Videos auf diversen Internetvideoplattformen zu zeigen, sondern die Glasrechtecke mussten wohl eine Art modernes Smartphone darstellen, dass sich mit den Tischen als eine Art digitale Universalarbeitsplattform verbinden ließ. Marc nahm an, dass es sich bei den Schaufenstern, die er auf seinem Weg sah, um eine ähnliche Digitaltechnik handeln musste. Ihn wunderte lediglich, dass in und vor den Cafés keine Kellner umherliefen und jeder dieser Tische eine mittig, vor dem Gast platzierte Glasplatte, identisch mit denen auf dem Tisch vor der Tonne, an dem sie zuvor gesessen hatten, aufwiesen. Nach knapp zwei Minuten erreichten die beiden den Bahnhof und stiegen einige Treppen hinab, die in Marcs Zeit noch nicht vorhanden waren. Wie sich kurz darauf herausstellte, hatten die Männer einen U-Bahnhof betreten. Marc konnte in der Halle, in der in seiner Zeit noch Kiosks und Fahrkartenautomaten standen, an angebrachten Glasplatten, auf die Abfahrtszeiten und Orte projiziert wurden, erkennen, dass U-Bahnen nach Dehrn, Eschhofen, Staffel, Offheim, Dietkirchen, Lindenholzhausen und weitere umliegende Orte abfuhren.

„Einen Moment mal", sagte der erstaunte Marc und griff nach dem rechten Arm des Mannes, während er hinter ihm herlief, um ihn anzuhalten.

„Was ist denn?", fragte der Mann genervt, stoppte und befreite durch ein Schütteln seinen Arm aus Marcs Griff.

„Sie wollen mir doch nicht erzählen, dass es jetzt eine U-Bahn Verbindung auf die Käffer gibt, oder?", erwiderte Marc und begann zu grinsen.

„Doch, Marc, genau so ist es", antwortete der Mann mit ernster Miene, worauf dem Kommissar das Grinsen verging.

„Komm, wir müssen weiter. Die Bahn kommt gleich", wies der Mann Marc an und begann weiter zu laufen.

Marc folgte dem Mann und gerade, als sie den Bahnsteig erreichten, fuhr der Zug ein. Es war eine Art Schwebebahn, wie Marc feststellte. Er hatte die Bahn nicht einmal kommen hören, da diese keine Räder besaß, die beim Bremsen auf den Schienen schliffen. Lediglich einen angenehm warmen Windzug hatte er vor der Einfahrt des Zuges wahrgenommen. Die Türen öffneten sich lautlos und die beiden Männer bestiegen die Bahn. Zu seiner Verwunderung stellte Marc nach einigen Minuten Fahrt fest, dass sie die Haltestelle Offheim-Mitte erreicht hatten. Die beiden verließen die Bahn, durchquerten einige Hallen und stiegen letztendlich eine lange Treppe hinauf ins Freie. Sie fanden sich nach dem Treppensteigen auf dem damals noch so klein gewesenen Busplatz wieder, der direkt an die St. Servatius Kirche, die Kirche der Gemeinde Offheim, grenzte. Zu Marcs Verwunderung hatte sich am Äußeren der Kirche nichts verändert, jedoch war der damals noch so mickrige Busplatz nun ein großer Busbahnhof geworden, in dem reges Treiben herrschte. Der Kommissar folgte dem Mann durch den Ort, bis sie schließlich ein altes Fachwerkhaus erreichten, in dem dieser wohnte. Der Mann schloss die Tür auf, bat Marc hinein und zeigte ihm, ohne große Worte zu verlieren, das Gästezimmer, in dem Marc unterkommen sollte. Anschließend zog er sich zurück und verwies darauf, dass morgen ein anstrengender Tag anstehen würde. Völlig reizüberflutet und trotz der Genesungszeit erschöpft und müde, ließ sich Marc ins Bett fallen und schlief sofort ein.

Mit einem lauten Schlag knallte die Tür des Zimmers, in dem Marc schlief, gegen die Wand und schwenkte langsam wieder ein. Erschrocken öffnete Marc die Augen und blickte sich vorsichtig, noch schlaftrunken, um.

„Aufstehen! Wir haben keine Zeit zu verlieren. Frühstück in t-2 in der Küche!", befahl der Mann regelrecht.

„Was fürn Scheiß ist das denn?", murmelte Marc leise und verschlafen, rieb sich die Augen und stieg langsam aus dem Bett.

Er schwankte langsam aus dem Zimmer, dem Mann hinterher, der im gegenüberliegenden Zimmer verschwunden war. Die Diele des Raumes quietschte, als Marc langsam in diesen taumelte. Er stellte fest, dass es die Küche war.

„Setzen", sagte der Mann ruhig und deute auf einen ihm gegenüber am Tisch stehenden Stuhl.

„Darf ich vielleicht langsam mal erfahren, was hier los ist? Ich halte das nämlich immer noch für einen schlechten Witz", begann Marc.

„Hier, trink erst mal einen Kaffee und iss das hier", schob der Mann ein, drückte Marc eine Tasse Kaffee in die Hand und stellte ihm anschließend einen Teller mit Rührei und gebratenem Speck vor die Nase.

„Also. Du hast natürlich jedes Recht darauf, zu erfahren, was hier los ist. Zunächst einmal ist mein Name Tom Schwarz und ich bin von Beruf Hoheitsinspektor...", begann der Mann zu erklären.

„Oh well, could you pass me the tea, Inspector Even Longer?", unterbrach ihn Marc mit einem sehr übertrieben und gekünstelten britisch-englischen Akzent, nachdem er während der Erklärung des Mannes vor Lachen etwas Kaffee über den Teller gespuckt hatte.

„Mach du nur deine Witze", versuchte Schwarz den über beide Ohren grinsenden Marc mit ernster Miene in die Schranken zu weisen.

„Okay. Das war unprofessionell. Fahren Sie fort, Mrs. Moneypenny...", erwiderte Marc, der sichtlich versuchte sich wieder zu fangen, jedoch mitten in seinem eigenen Satz wieder in Gelächter ausbrach, bis ihm schließlich die Tränen in die Augen stiegen.

Nachdem er sich nun schon einige Minuten köstlich amüsierte hatte und vor Lachen schon drohte, an seinem Frühstück zu ersticken, schlug Inspektor Schwarz mit der Faust erbost auf den Tisch, worauf Marcs Gelächter augenblicklich verstummte und dieser langsam wieder zu Luft kam.

„Also. Hier hat sich auf Grund der Epidemie in der Zwischenzeit einiges getan. Ich versuche dich möglichst kurz auf den relevanten und neusten Stand zu bringen. Das Deutschland, wie du es kennst, gibt es nicht mehr. In deiner Zeit hatten die Menschen die Vorstellung, dass es zu dieser Zeit mehrere Superstaaten wie die USA, Europa und eine Russisch-chinesische Föderation geben würde, doch dem ist nicht so. Lustigerweise ist eine Rückentwicklung eingetreten. Keine Superstaaten, sondern Splitterstaaten. Nach mehreren Kriegen, die glücklicherweise mit konventionellen Waffen geführt wurden und zwei Wirtschaftskrisen, sind die meisten Staaten zerfallen oder, genauer gesagt, zersplittert. Die Bundesrepublik ist in viele kleine Fürstentümer zerfallen. Die meisten dieser Fürstentümer sind Monarchien, einige halten sich jedoch auf einer sehr eigenartigen Demokratieabwandlung. Du siehst also, es sind Zustände, die hier schon vor Napoleon geherrscht haben. Der Zersplitterungsprozess begann damals mit den Kriegen in Europa selbst, bei der EU, UNO und NATO nur zusahen, statt einzugreifen, wie etwa dem Bürgerkrieg in der Ukraine, der griechischen Revolution und dem Einmarsch des Islamischen Gottesstaates in Russland. Es gab im Endeffekt viel zu viele Brandherde, die nicht effektiv bekämpft wurden. Mehr musst du zunächst über die internationalen Geschehnisse nicht wissen", startete Schwarz erneut einen Erklärungsversuch.

Zu seiner Verwunderung grinste Marc nicht einmal mehr, sondern schien todernst, nein, sogar tief bestürzt.

„Hör zu. Ich weiß, dass das jetzt sehr viel für dich und auch schwer zu ertragen ist, aber glaube mir, es ist notwendig, es dir zu erklären", versuchte Schwarz Marc zu besänftigen.

„Alles, woran ich glaube und wofür ich lebe, ist weg, richtig? Wenn ich jetzt im Jahr 2132 bin, gibt es also keine Demokratie mehr, auf die ich einen Eid geleistet habe, sie zu wahren und zu schützen, alles was mir lieb und teuer ist, ist weg. Freunde tot, meine Nina tot und die Welt im totalen Chaos? Fast es diese tolle Situation, in die du mich gebracht hast, in etwa zusammen?", fragte Marc, der inzwischen sehr still geworden war und nun schon seit einiger Zeit seinen Teller anstarrte, bis ihm die erste Träne über die Wange kullerte.

„So ist es leider", antwortete Schwarz, der verlegen den Blick von Marc abwendete und nun ebenfalls seinen Teller anstarrte.

Es herrschte einige Minuten eisige Stille in der Küche. Die beiden Männer starrten nun schon Minuten lang ins Leere, bis Schwarz sich wieder fasste, um mit seinen Erklärungen fortzufahren.

„Wir leben hier im Fürstentum Hessen-Nassau. Du darfst dir den Fürsten jedoch nicht so vorstellen, als sei er einem Geschichtsbuch entsprungen. Er hat hier eher die Funktion eines überregionalen Bürgermeisters. Auch er hält sich an das Gesetz. Hessen-Nassau hat große Teile des Grundgesetzes der ehemaligen Bundesrepublik ins Gesetz des Fürstentums übernommen. Strafgesetzbuch und das Bürgerliche Gesetzbuch wurden ebenfalls fast vollständig übernommen. Wir haben natürlich auch noch Polizisten. Hier haben sich nur Titel und Funktionen etwas geändert. Statt Polizeioberkommissar zum Beispiel, ist nun der gängige Titel Hoheitsoberkommissar. Es gibt weiterhin eine Institution, die über die Fürstentümer hinaus agiert, der sogenannte Hoheitliche Ermittlungsdienst, kurz HED. Dort arbeiten Hoheitsinspektoren, wie ich einer bin. Da Technologie in einer solchen Geschwindigkeit voranschreitet, dass man deren Missbrauch nicht nur kaum kontrollieren kann, sondern auch noch die Barriere der Fürstentümer vor sich hat und somit eine geografisch beschränkte Handlungsfähigkeit besteht, wurde der HED als überregionale Instanz ins Leben gerufen, um Missbrauch von Technologie vorzubeugen", führte Schwarz aus.

„Lass mich raten. Die Seuche in meiner Zeit hat rein zufällig etwas mit missbrauchter Technologie zu tun?", fragte Marc rhetorisch, nachdem er nun langsam begann, Interesse für Schwarzs Vortrag zu entwickeln.

„Genau so ist es. Einer der Hoheitsinspektoren ist vor einiger Zeit durchgedreht. Er litt unter einer, uns bis heute noch unbekannten, Krankheit. Es ist eine rein psychische Krankheit, die jedoch von Mensch zu Mensch übertragbar ist. Wir mussten ihn aus dem Dienst entlassen und in Isolationshaft in eine Psychiatrie überführen. Während der Überführung tötete er allerdings zwei Kommissare und flüchtete. Folglich trat leider der schlimmste anzunehmende Fall ein. Eines unserer Tagesgeschäfte in diesem Job ist zum Beispiel, so blöd es auch für dich klingen mag, die Zeitlinie zu erhalten. Wir haben Technologie, die es uns erlaubt in der Zeit zu reisen. Diese Technologie ist jedoch streng kontrolliert und nur für Hoheitsinspektoren zugänglich. Auch gibt es diese Technologie weltweit nur im mitteleuropäischen Raum, der unter der Kontrolle des HED steht. Es kommt leider aber auch oft genug vor, dass diese Technologie auf dem Schwarzmarkt auftaucht, wodurch wir fast täglich kriminelle Käufer aus hauptsächlich vergangenen Zeiten zurückholen und einsperren müssen. Die meisten von ihnen sind reiche Schaulustige, die schon immer mal ins alte Rom oder ins Mittelalter reisen wollten. Leider befinden sich auch in letzter Zeit immer häufiger Soziopathen unter ihnen, die zum Ziel haben, Geschichtsverläufe zu ändern, private Fehden in der Vergangenheit auszutragen, Kenntnisse über die Zukunft in der Vergangenheit zu nutzen, und sei es nur die wöchentlichen Lottozahlen für den Jackpot zu kennen, oder sogar einfach ein neues Leben in einer anderen Gesellschaft zu beginnen. Das ist zwar sehr verlockend, aber auch genau so gefährlich und existenzbedrohend für all die Menschen, die wir hier versuchen zu schützen. Der entflohene Inspektor ist in deine Zeit gereist und hat das Virus freigesetzt. Seine Beweggründe sind uns unbekannt. Wir können es beim derzeitigen Ermittlungsstand nur auf die Erkrankung schieben, bis wir ihn haben und eine vollständige, umfassende Ermittlung erfolgt ist. Unsere Aufgabe ist es nun, ihn in diesem Chaos zu finden und zurück zu bringen, damit er hier und jetzt verurteilt werden kann", fuhr Schwarz fort.

Marc runzelte die Stirn und trommelte in Gedanken versunken mit seinem rechten Zeigefinger auf dem Rand seiner Kaffeetasse herum.

„Nun, warum reisen wir nicht einfach einige Tage weiter zurück und schnappen ihn, bevor er das Virus freisetzt? Und wozu brauchst du überhaupt ausgerechnet mich dafür?", fragte der nachdenkliche Marc leise, dieses Mal auf seine Kaffeetasse starrend, nach.

„Das wäre zu schön, um wahr zu sein. Man kann bestimmte, extrem geschichtseinschneidende Ereignisse nur sehr schwer verändern. Dieses Virus würde höchstwahrscheinlich ganz Europa verwüsten, wenn wir es nicht stoppen. Das bedeutet, dass es eine europaweite Epidemie geben würde, der über einen langen Zeitraum sehr viele Menschen zum Opfer fallen würden, also ein geschichtlich sehr einschneidendes Ereignis. Wir könnten es so oft versuchen, wie wir wollten, er würde das Virus trotzdem freisetzen. Beim ersten Verfolgungsversuch wirst du von einem Auto angefahren, beim Zweiten erschießt dich ein Plünderer, beim Dritten liegt vielleicht deine Freundin im Sterben, beim Vierten fällt dir vielleicht aber auch einfach ein Ziegel oder ein Blumentopf auf den Kopf und erschlägt dich. So zynisch und banal das klingt, aber die Zeit wird gegen dich arbeiten. Es ist, als ob sie sich bei wichtigen Geschehnissen gegen Eingriffe von außen selbst schützt, was auch normalerweise gelingt, doch in seltenen Ausnahmefällen gelingt es Personen trotzdem, ein Ereignis entweder herbeizuführen oder zumindest teilweise zu verändern. Ich habe dir doch davon erzählt, dass das hier, was du hier gerade erlebst, schon ein paar Mal passiert ist, Stichwort Zeitschleife. Glaub mir, wir haben wirklich alles versucht und die eben genannten Beispiele, nämlich dass dich ein Blumentopf erschlägt, fang jetzt nicht an zu lachen, aber auch das ist tatsächlich passiert", führte Schwarz aus.

Marc hatte die ganze Zeit lang aufmerksam zugehört, fing jedoch an der Stelle des Blumentopfbeispieles an zu lachen und kriegte sich kaum noch ein. Schwarz rollte nur die Augen und fragte sich allmählich, ob er einem postpubertären Jugendlichen oder einem gestandenen Polizisten gegenübersaß. Er nahm es jedoch inzwischen gelassen, er hatte diese Situation ja schließlich schon ein paar Mal erlebt. Seine Erklärungen kamen ihm inzwischen auch eher wie ein Vortrag vor, den er auswendig gelernt hatte und ihn nun immer und immer wieder aufsagen musste.

Marc hatte sich schon wieder in Atemnot gebracht, ihm war jedoch durchaus der Ernst der Lage bewusst und er zwang sich schnell wieder dazu, den Mund zu halten.

„Tut mir leid, das ist unprofessionell, aber du musst aufhören, solche lustigen Dinge zu erzählen. Du kannst dir nicht vorstellen, wie ich mich gerade fühle. Das hier fühlt sich alles so surreal an, als wäre ich bekifft oder träume oder irgend so ein kranker Scheiß. Ich hab das Gefühl ich verliere den Verstand, deswegen immer mal wieder diese Lachattacken, sieh mir das bitte nach", entschuldigte sich Marc für sein Benehmen.

„Also, warum nun ausgerechnet ich?", fügte er noch schnell hinzu.

„Um solch eine Veränderung herbeizuführen, bedarf es immer zwei Personen, jeweils eine aus jeder Zeitlinie, aus der die Beteiligten stammen. Es ist also ganz einfach. Du bist bei dieser Seuche der einzige fähige Ermittler, der übrig geblieben ist. Ich war und bin also auf dich angewiesen, Marc. Da wir die Geschehnisse wie gesagt auch nicht verändern können, werden wir dieses Mal folgendes tun. Wir schnappen ihn, nachdem er das Virus freigesetzt hat und werden das Gegenmittel direkt nach der Freisetzung, kurz bevor die ersten Krankheitsfälle zu beklagen sind, ins Krankenhaus liefern. Ich denke, dass das unsere einzige, realistische Chance ist, also im Prinzip maximale Schadensbegrenzung, statt Prävention", schloss Schwarz seine Erklärungen ab.

„Das klingt zwar merkwürdig, aber ich muss dir wohl oder übel vertrauen, nehme ich an. Aber rein Interesse halber, erkläre mir doch mal, was es mit diesen Platten auf den Tischen gestern, den Tischen selbst, deinem Glasrechteck und diesem komischen silbernen Stift an deinem Gürtel auf sich hat", forderte Marc Schwarz auf und hob dabei die rechte Augenbraue.

„Ohje. Wo fang ich da nur an. Ich gebe dir eine Kurzfassung. Die Platten, die du gestern auf den Tischen gesehen hast, sind sogenannte Schöpfer. Ich weiß nicht, wie sie funktionieren, aber sie sind eine Art Materiewandler. Sie wandeln Materie nach einer Art Bauplan in das gewünschte Getränk um. Du kannst es dir ungefähr so vorstellen, wie die 3D-Drucker in deiner Zeit. Es ist ein ähnliches Prinzip. Daher gibt es auch in den meisten Lokalen keine Kellner mehr. Man zahlt beim Kauf des gewünschten Getränks eigentlich nur eine Lizenznutzungsgebühr, zuzüglich der Gebühr des Lokals, also quasi eine Aufenthaltsgebühr, das ergibt dann den Gesamtpreis für ein Getränk. Die Tische selbst dienen als Projektionsoberfläche für das Glasspad, das du Glasrechteck nennst. Das Glasspad ist eine Art modernes Smartphone. Es hat, der Zeit entsprechend, natürlich einen riesigen Umfang an Funktionen. Mein Modell ist eines, das speziell für Hoheitsinspektoren entwickelt wurde, so kann ich zum Beispiel Schusswaffen in einer Schießerei per Knopfdruck untauglich machen. Heutzutage hat sich an der Schusswaffe eigentlich auch nur die digitale Komponente geändert, das Prinzip des Mechanismus der Waffe ist derselbe, wie vor 200 Jahren. Allerdings sind die Abzüge nun elektronisch, die meisten Waffen besitzen ein Head-Up-Display mit automatischer Zielerkennung und -erfassung. Durch diese technischen Neuerungen ist es natürlich für ein dementsprechend ausgerüstetes Glasspad ein Einfaches, den elektronischen Abzug und das Head-Up-Display nicht nur zu blockieren, sondern auch auszuschalten. Somit wird die Waffe für den Angreifer nutzlos. Was du gestern gesehen hast, ist recht einfach. Die Glasspads lassen sich mit den Tischen durch einfaches darauf Ablegen verbinden. Mann nimmt Videotelefonate, Bilder, Texte, Videos, etc. und schiebt sie mit dem Finger einfach vom Glasspad auf den Tisch und kann diese dann dort problemlos vergrößern, verkleinern und bearbeiten. Mein Glasspad hat natürlich auch die Zusatzfunktion für die Zeitreise, wie du gestern wahrscheinlich bemerkt hast. Man hat es mit Benutzerfreundlichkeit so übertrieben, dass die Einstellungen, die für eine Zeitreise vorzunehmen sind, im Prinzip so einfach zu handhaben sind, wie das Stellen des Weckers auf deinem Smartphone. Darüber hinaus braucht man nur noch eine Tür, die man öffnen und durch die man schreiten kann. Sie dient als eine Art Pforte. Der komische silberne Stift, wie du ihn nennst, ist die Waffe des Hoheitsinspektors, ein sogenanntes Toxicon. Es verbindet sich bei Berührung mit deinem Hirn, führt also alle deine Gedanken aus, sobald du es in der Hand hältst, daher das einfache Design und keine Knöpfe oder Displays. In ihm ist ein, ich nenne ihn Minischöpfer, verborgen, also eine kleine Variante des Schöpfers, wie du ihn auf dem Tisch gesehen hast, nur mit dem Unterschied, dass dieser Minischöpfer nur chemische Gemische erzeugen kann, dafür allerdings jedes denkbare. Verfolge ich zum Beispiel gerade einen Täter, den ich aufhalten, aber nicht töten will, denke ich ganz einfach daran, dass ich ihn betäuben möchte. Der Minischöpfer stellt ein betäubendes Gift her, leitet dieses an eine hauchdünne Nadel weiter, die dieses aufnimmt und worauf das Toxicon im Anschluss beginnt, blau zu leuchten. Ich brauche nicht einmal genau auf den Flüchtenden zu zielen, da das Toxicon ebenfalls eine automatische Zielerkennung und Erfassung besitzt. Ich denke daran, dass der Flüchtende stoppen soll und die Waffe verschießt die Nadel, meist millimetergenau, in den Hals des Flüchtenden. Das Gift beginnt sofort zu wirken, er sackt zusammen und ich kann ihn abführen lassen. Das wird jetzt alles etwas viel für dich sein, es klingt auch zugegebener Maßen alles sehr fantastisch, aber so sieht es nun mal aus. Vielleicht verstehst du jetzt, warum es notwendig ist, Technologie zu kontrollieren und eine Institution zu unterhalten, die deren Missbrauch vorbeugt. Die technische Entwicklung schreitet so schnell voran, das ist in eurer Zeit noch nicht einmal ansatzweise vorstellbar. Doch leider tauchen auf dem Schwarzmarkt immer wieder vereinzelt Inspektorenpads oder zwar schlechte, aber funktionsfähige Toxiconnachahmungen auf. Diese beiden Dinge sind nicht ohne Grund nur für Inspektoren produziert worden. Es darf immer nur so viele Inspektorenpads und Toxicons geben, wie es derzeit Inspektoren gibt. Die Kontrollen sind sehr streng. Leider werde ich viel zu oft zu Mordfällen gerufen, bei denen ich bestätigen muss, dass die Tatwaffe ein Toxicon war. Es ist fast unmöglich, den Schwarzmarkt zu kontrollieren. Das macht uns zusätzlich zu unserer schwierigen Arbeit sehr zu schaffen", hatte Schwarz nun doch ausführlicher erklärt, als er eigentlich vorhatte.

„Langsam machen die Geschehnisse aus meiner Zeit Sinn. Jetzt verstehe ich auch, warum der Attentäter mich so schnell aufspüren und so plötzlich verschwinden konnte", murmelte Marc nachdenklich.

„Glaub mir Marc, die Arbeit ist anstrengend. Manche Kriminelle bringen sich auch schnell mal selbst unüberlegt in eine Situation, aus der ich sie nicht mehr retten kann. So werden sie aber wenigstens unschädlich gemacht", seufzte Schwarz.

„Was genau meinst du damit?", fragte Marc und runzelte die Stirn.

„Naja. Die meisten von denen, die ich jagen muss, haben sich auf dem Schwarzmarkt Inspektorenpads, Toxicons oder modifizierte Glasspads durch Appbreaker besorgt. Appbreaker, oder Appbroker, wie sie sich auch manchmal nennen, kannst du mit einem Drogendealer aus deiner Zeit vergleichen, lediglich mit dem Unterschied, dass sie Glasspads technisch modifizieren und illegale Zeitreiseapps schreiben, die sie dann auf dem besagten Pad installieren. Ein teures und vor allem auch unsicheres Unterfangen. Die schwierigsten Fälle sind jene, in denen ein Breaker nicht notwendig ist, weil schon voll funktionsfähige Inspektorenpads, Toxicons oder beides in Kombination auf dem Schwarzmarkt angeboten werden. Ich musste mal einen verfolgen, der über beides verfügte. Mit einigen Hoheitskommissaren jagte ich ihn zu Fuß durch die Limburger Altstadt. Hinter der Tonne rechts, auf dem Anstieg zum Dom, geht zur linken Seite eine schmale Gasse ab. Nachdem er jedoch um die

Ecke gebogen und in die Gasse gelaufen war, blieb er plötzlich stehen und tippte auf seinem Glasspad herum. Die Kommissare hoben natürlich direkt ihre Waffen und wollten feuern, doch es funktionierte nicht. Der Flüchtende hatte die Waffen mit dem Inspektorenpad blockiert. Als ich langsam begriff, was vor sich ging, griff ich nach dem Arm eines Polizisten, um ihn in Deckung zu ziehen, doch da war es schon zu spät. Der Täter besaß ein Toxicon, das er nun auf die Polizisten richtete, worauf dieses damit begann, unaufhörlich Nadeln zu feuern. Es dauerte keine fünf Sekunden, da lagen sie alle am Boden, die Hände um ihre Hälse geschlungen und rangen mit dem Tod. Es war ein grauenhafter Anblick. Ich zog natürlich sofort mein eigenes Toxicon, hielt es um die Ecke und feuerte zurück, doch als ich nach einem Moment um die Ecke lukte, sah ich den Täter nur aus seiner Deckung springen und um die nächste Ecke flüchten. Ich verfolgte ihn weiter und weiter, dachte gerade ich hätte ihn nun in einer Sackgasse gestellt, doch wie ich bemerken musste, tippte er gerade noch schnell etwas in sein Glasspad ein, öffnete eine Haustür, vor der er stand und verschwand. Bevor die Tür ins Schloss fiel, stellte ich also meinen Fuß in die Tür und folgte ihm. Als ich auf der anderen Seite aus der Tür heraus stolperte, stellte ich fest, dass ich mich in einem Schützengraben befand. Ich brauchte einen Moment Zeit, um mich zu orientieren und die Lage einzuschätzen. Eines war mir klar, nämlich dass ich mich in einem englischen Schützengraben im 1.Weltkrieg befinden musste, ich wusste jedoch nicht genau wo und wann. Wie sich später herausstellte, war ich mitten in die Schlacht an der Somme herein geraten und aus einem Mannschaftsquartier durch ein großes Holzbrett, das als Tür diente und somit den Graben vom Quartier trennte, gestolpert. Zu meiner Rechten flüchtete der Täter entlang des Grabens. Du hättest die Gesichter der Soldaten sehen sollen, die waren total verwirrt. Ein Mann in für sie komischer Kleidung, ohne Waffe, nur mit einem leuchtenden Stück Glas ausgestattet, rannte da an ihnen vorbei. Die wussten ja nicht mal, ob sie jetzt auf das, was da lang rennt, schießen sollten oder nicht. Da herrschte totale Verwirrung in dem Abschnitt des Grabens, vor allem weil ich den Kerl ja logischerweise noch verfolgt habe, also zwei komische Gestalten, die da scheinbar mitten in einem Krieg in einem Schützengraben fangen spielen", schilderte der Hoheitsinspektor und begann das erste Mal an diesem Tag zu grinsen.

„Hast du ihn denn noch gekriegt?", bohrte der nun wieder sichtlich amüsierte Marc.

„Brauchte ich nicht. Mir war klar, dass das nicht gut geht. Statt ihn weiter zu verfolgen, suchte ich mir möglichst schnell einen Unterstand, in dem ich mich für einige Sekunden verstecken konnte. Glücklicherweise war es ein Offiziersquartier. Ich hab dort alles so schnell ich konnte durchwühlt und fand auch zu meinem Glück die Offiziersuniform eines britischen Captains. Ich hab mich also schnell umgezogen, mir die Schirmmütze aufgesetzt, den Revolver an der Koppel befestigt, Glasspad und Toxicon in der rechten Brusttasche verstaut und bin wieder in den Graben getreten, um nun in Ruhe nach meinem Täter zu suchen. Die Soldaten nahmen mich glücklicherweise als Offizier wahr, wunderten sich nur darüber, dass ich im Gegensatz zu ihnen noch nicht so verschmutzt herumlief. Sie mussten mich wohl für einen frisch eingetroffenen Offizier halten und schauten trotz dessen, dass sie mich in manchen Fällen grüßten, nur verachtend an mir vorbei. Besser konnte es für mich nicht laufen, denn so hatte ich zumindest eine glaubwürdige Tarnung. Einige Minuten später fand ich meinen Täter auch in einem rückwärtigen Teil des Grabensystems. Einige Soldaten hielten ihn fest und führten ihn gerade einem Offizier vor. Sie erklärten ihm, dass sie ihn in einem der vorderen Gräben aufgehalten haben, er nur deutsch spreche und somit ein Spion sein müsse. An der Stelle wusste ich, dass meine Arbeit getan war. Ich drehte mich um, um mir ein Quartier mit einer Tür zu suchen. Schon nachdem ich einige Meter gelaufen war, hörte ich einen Schuss aus einem Revolver hinter mir hallen. Wie ich erwartet hatte; mit deutschen Spionen hatte man während einer Schlacht kurzen Prozess gemacht. Keine Gefangennahme, kein Kriegsgericht, keine Genfer Konvention. Der Rückweg wurde allerdings noch einmal abenteuerlich. Ich lief zurück zu dem Mannschaftsquartier, aus dem ich gestolpert war, allerdings wurde der Weg sehr beschwerlich, da gerade ein deutscher Gegenangriff begonnen hatte. Artillerie schlug überall um mich herum ein, Soldaten wurden durch die Luft geschleudert und zerfetzt, in dem engen Graben liefen alle Menschen kreuz und quer durcheinander, um einen Unterstand zu finden. Ich hatte riesige Angst, doch ich musste weiter, das wusste ich und so lief ich trotzdem weiter durch den Graben. Überall lagen inzwischen Leichen herum, über die ich steigen, nein, manchmal sogar klettern musste. Es war abscheulich. Ich nahm einen lauten Pfiff wahr, doch kümmerte mich nicht darum. Zum Glück verstummte dann allerdings die Artillerie, sodass es für mich einfacher wurde, mich vorwärts zu kämpfen. Maschinengewehre begannen zu feuern, lautes Gewehrfeuer erfüllte die Luft und Todesschreie waren zu hören, doch ich musste weiter. Gerade, als ich die provisorische Holztür vor dem Mannschaftsquartier erreicht hatte und begann, das Datum meiner Zeitlinie in das Glasspad einzutippen, fiel von hinten etwas gegen mich. Erschrocken hab ich mich also umgedreht und festgestellt, dass es ein britischer Soldat war, der gerade hinter mir erschossen worden war. Über dem Graben tauchten plötzlich einige deutsche Soldaten auf. Ich zog meinen Revolver, während einer der deutschen Soldaten, Gewehr und Bajonett auf mich gerichtet, in den Graben sprang und gerade auf mich einstechen wollte. Glücklicherweise löste ich einige zehntel Sekunden, bevor mich das Bajonett durchbohrt hätte, den Schuss, indem ich den Abzug betätigte. Der Soldat sackte in sich zusammen und während um mich herum britische und deutsche Soldaten im Nahkampf miteinander rangen, tippte ich mit völlig zittrigen Fingern, zum Glück noch rechtzeitig, das richtige Datum ein und verschwand durch die Holztür. Ich landete wieder vor derselben Haustür, durch die der Täter geflüchtet war. Ein paar Kinder, die in der Gasse Fußball gespielt hatten, schauten erst erschrocken drein, begannen jedoch dann damit, mich auszulachen. Ich hab das erst nicht verstanden, bis mir dann auffiel, dass ich ja noch die Uniform trug. Für die Kinder war so ein urhistorischer, dreckiger Fetzen natürlich ein sehr spaßiger Anblick. Du siehst also, dass das wirklich ein sehr gefährlicher Job ist. Man weiß nie, wo diese verrückten hinflüchten und trotzdem rennt man hinterher", ließ sich Schwarz nun regelrecht aus und holte anschließend tief Luft.

„Wow. Das klingt ja wie aus einem Sciene-Fiction-Roman. Da hast du aber wirklich noch Glück gehabt, man",sagte ein sichtlich beeindruckter Marc nun leise, der seine Augen während des Vortrags immer weiter aufgerissen hatte und nun sehr Kermit dem Frosch ähnelte.

„Na pass mal auf. Einer dieser Vollidioten hatte ein modifiziertes Glasspad von einem Appbroker. Ich hab dir eben gesagt, wie gefährlich das ist. Der ist vor mir durch eine Tür geflüchtet, ich hinterher, und rat mal, wo ich mich dann wiederfand. Richtig, im Jahr 1912 auf der scheiß Titanic. Während der Typ gerade anfing abzusaufen, konnte ich mich noch gerade so durch eine Tür zurück hierher ziehen. Da das Schiff gekippt war, war die Tür nun an der Position, an der die Decke vorher war und ich hing da an dem Türrahmen. Glaubst du das? Was das für ein Kraftakt war, sich a) nur mit einem Arm festzuhalten, während man mit dem anderen das Datum ins Glasspad tippt und sich dann b) in so einen scheiß Türrahmen hineinzuziehen, während um einen herum alles weggespült wird? Klimmzüge für Fortgeschrittene würde ich mal sagen. Wir warnen die Menschen nicht umsonst vor Appbrokern. Die machen das relativ unprofessionell und ja, es ist ein Meisterwerk, so eine App erst einmal zu schreiben, aber es ist unprofessionelle Arbeit. Wenn es nur um die Idioten ginge, die damit in die Vergangenheit reisen wollen, dann aber sonst wo landen, wäre es ja egal, aber Leute wie ich müssen hinterher und das geht mir auf den Sack, das glaubst du nicht. Da landet man dann wegen solchen Vollpfosten auf der scheiß Titanic. Du glaubst mir nicht, wie oft ich wegen solchem Gesindel schon fast umgekommen wäre. Aber scheiß drauf, mein Blutdruck geht dabei nur wieder hoch, ändern kann ich es ja eh nicht", hatte sich Schwarz nun in Rage gesprochen und fluchte nur noch wild umher, während er bis über beide Ohren rot anlief und seine Schläfe zu pochen begann.

Marc, der genauso fasziniert, wie geschockt von Schwarzs Geschichten war, begann nun angesichts der wüsten Schimpfereien, die Schwarz von sich gab, in lautes Gelächter auszubrechen. Diesmal begann Schwarz anschließend jedoch selbst zu lachen, statt Marc erneut zu ermahnen.

„Hast du noch mehr von den Geschichten auf Lager? Die sind ja köstlich", bat der immer noch kichernde Marc den Hoheitskommissar um eine weitere Geschichte.

„Einen ganzen Haufen, aber wir haben keine Zeit dafür. Wir müssen dich ausrüsten und sobald wie möglich zurück in deine Zeit. Wir haben einen Fall zu lösen, einen Verbrecher aufzuspüren und dein Leben wieder gerade zu rücken, schon vergessen?", ermahnte Schwarz Marc nun doch.

„Ach komm schon. Eine noch", bettelte Marc nun wie ein kleines Kind, das nicht schlafen wollte.

„Na gut. Wirklich nur eine ganz Kurze. Ich verfolgte nun wieder einen von diesen Spinnern und folgte ihm durch eine Eingangstür zu einem Keller. Als ich aus der Tür eines Bauernhauses stolperte, lag mein Täter am Boden und einige zerlumpte Typen verpassten ihm gerade einen Schwedentrunk und trampelten auf seinem Bauch umher. Also dachte ich mir, meine Arbeit ist hier getan, drehte mich um und griff nach meinem Glasspad, um wieder durch die Tür zu verschwinden. Ich war in die Zeiten des dreißigjährigen Krieges geraten. Ich hätte mir eigentlich denken können, was passieren würde. Diese zerlumpten Schweden hatten mich bemerkt und versuchten mich nun aufzuschlitzen, zu erschlagen, zu foltern, ich hab keine Ahnung, was die von mir wollten. Ich musste also wegrennen. Bevor ich nämlich das Datum vollständig eingeben konnte, schlug dieses primitive Pack schon mit Holzbalken, Schwertern und Äxten auf mich ein und jagte mich quer durch die verwüsteten Landstriche. Eins sage ich dir, versuch mal in dieser abgrundtief grausamen Zeit auch nur ein Haus mit einer intakten Haustür zu finden und sei es nur ein Schuppen oder ein Stall. Alles abgefackelt, verwüstet und die Besitzer oder auch nur Reisende verstümmelt, gefoltert und ermordet. Tagelang hab ich mich in den Wäldern versteckt und mir den Kopf darüber zerbrochen, wie ich nach Hause komme. Doch sie fanden und umzingelten mich. Das war eines der wenigen Male, dass ich auf einer Zeitreise mein Toxicon einsetzen musste, um zu überleben. Wir benutzen es wirklich nur, wenn es absolut notwendig ist, denn jeder Eingriff in die Zeit kann fatale Auswirkungen auf die Zukunft haben, auch wenn ich mich nur selbst verteidige. Stell dir mal vor, eine später für die Weltgeschichte wichtige Person plündert und mordet in seiner Jugend und ich töte ihn. Was meinst du, was das für krasse Auswirkungen haben kann. Geschichte ist Vergangenheit und das muss sie auch bleiben, damit wir so leben können, wie wir es tun. Naja, sie griffen mich dann also mit ihren Schwertern, Äxten, Stöcken und Arkebusen an, also musste ich sie töten. Es waren bestimmt dreißig Mann und ich war erstaunt, wie schnell das Toxicon sie alle niedergestreckt hatte. Es hatte tatsächlich nur einige Sekunden gedauert und alle lagen sie am Boden. Zumindest mussten die armen Hunde keine Qualen leiden. Das Gift, das das Toxicon verschossen hatte, hatte sofort getötet. Zumindest hatte ich dann durch die Männer einige essbare Vorräte, da sie diese bei sich getragen hatten. Tagelang bin ich dann durch diese gottlose Landschaft geirrt, immer auf der Suche nach einer verdammten Tür oder zumindest etwas Ähnlichem, bis mir Vollidiot dann mal einfiel, wieder zurück zu dem Haus zu laufen, aus dem ich gekommen war. Ich hatte wirklich nicht mehr daran gedacht. Ein paar Tage später erreichte ich dieses dann auch, nachdem ich mich bestimmt ein Dutzend Mal verlaufen hatte. Mein Täter lag tot vor dem Haus und war grausam entstellt. Das sind leider die Schattenseiten dieses Berufes. Diese Bilder werde ich nie wieder aus meinem Kopf herausbekommen. Aus seinem aufgeschlitzten Magen und seinem offenen Mund quollen Schweinemist, Kopf und Hände waren total verstümmelt und in seinen Augen konnte man nur noch Todesangst und Schmerz sehen. Das war das erste Mal, dass ich mich an Ort und Stelle übergeben musste und ich hatte schon wirklich einige Grausamkeiten sehen müssen, gerade auch in Zeiten des Mittelalters. Nachdem ich mich gefangen hatte, hab ich mich also möglichst schnell aus dem Staub, zurück in meine Zeit gemacht, bevor mir auch noch so etwas passiert. Du kannst dir diese Grausamkeiten wirklich nicht vorstellen, wenn du sie nicht gesehen und erlebt hast. So lustig manche Dinge für dich jetzt auch klingen, die ich erzähle. Gerade an dem Beispiel solltest du gesehen haben, dass das alles hier kein Spaß ist. Der Job ist extrem gefährlich, so etwas wie eine Familie darfst du einfach für diesen Beruf nicht haben, manchem Hoheitsinspektor hat es schon komplett die Psyche zerstört. Es gibt sogar schon eine psychiatrische Spezialklinik für Mitarbeiter des HED. Wir haben wirklich keine hohe Lebenserwartung. So, jetzt ist aber auch Schluss, wir müssen nun wirklich los", entschied Hoheitsinspektor Schwarz und erhob sich von seinem Stuhl.

Marc war das Lachen vergangen. Er saß völlig schockiert am Küchentisch und hatte sein Gesicht, beide Ellbogen auf die Tischplatte gestützt, in seinen Händen vergraben. Schwarz lies ihn das gerade Erzählte noch einige Minuten verarbeiten, dann hob Marc seinen Kopf aus seinen Händen, fuhr sich mit beiden Händen durch die Haare, seufzte laut, atmete noch einmal tief durch und erhob sich ebenfalls von seinem Stuhl. Die beiden blickten sich noch einige Sekunden mit ernster Miene an, bevor Schwarz Marc zu verstehen gab, dass er ihm folgen sollte. Die beiden verließen das Haus, liefen zur U-Bahn-Station und fuhren bis zur Haltestelle Limburg Hauptbahnhof. Von hier aus liefen sie über den Neumarkt in die Altstadt, bis hin zur alten Lahnbrücke. Marc war erstaunt, als sie diese erreicht hatten, denn sie sah genau so aus, wie vor der Explosion in seiner Zeit.

„Man hat sie exakt genau so wieder aufgebaut, wie sie vor dem Anschlag aussah", erklärte Schwarz dem irritierten Marc, nachdem er dessen Verwunderung wahrgenommen hatte.

„Es ist echt ein ganz komisches Gefühl jetzt über die Brücke zu laufen", entgegnete Marc, der inzwischen weiß angelaufen war.

„Nur mit der Ruhe, wir biegen das jetzt alles wieder hin und diesmal wirklich", beruhigte der Hoheitsinspektor ihn.

Sie erreichten schließlich das Ende der Brücke und wandten sich nach rechts, um in den Schleusenweg einzubiegen, der seinen Namen wegen der neben der alten Lahnbrücke verlaufenden Schleuse erhalten hatte. Im Vorbeigehen blickte Marc verträumt in die Schleuse herunter, in der gerade ein Boot lag. Als Kind war er mit seinem Vater an den Wochenenden gerne hier gewesen und hatte interessiert die Schiffe beobachtet, die hier ständig ein und ausgeschleust wurden. Einen Moment lang kam ihm die Umgebung wieder freundlich und vertraut vor. Dieses Gefühl wich jedoch schnell wieder, als sie nach einigen Metern plötzlich vor einem riesigen, gläsernen Gebäude standen, das links der Straße erbaut worden war. Zu Marcs Zeit hatten hier noch einige Häuser gestanden, während auf der gegenüberliegenden Straßenseite viele Parkplätze für den anliegenden Campingplatz und das Schwimmbad vorhanden waren. Von all dem war nichts mehr zu sehen. Den gesamten Platz nahm nun dieses gläserne Gebäude ein. Genau genommen waren es sogar zwei Gebäude, eins auf der linken und eins auf der rechten Straßenseite, die in der Mitte in einigen Metern Höhe durch einen Glastunnel verbunden waren, damit zwischen ihnen weiterhin die Straße führen und Fahrzeuge diese passieren konnten. Neben der automatisch öffnenden Eingangstür wurden Fahndungsfotos auf die Glasscheiben des Gebäudes projiziert. Über dem Eingang hing ein großes Messingschild mit der Inschrift „Hoheitlicher Ermittlungsdienst". Die beiden betraten das Gebäude und fanden sich in einer großen Eingangshalle wieder, von der aus sie einen langen Gang entlang liefen, bis sie vor einem Drehkreuz standen. Schwarz zog das Glasspad aus seiner Manteltasche und zog es über einen Scanner, der am Drehkreuz befestigt war, ähnlich wie es Marc von Flughäfen aus seiner Zeit kannte, bei denen man einfach sein Smartphone mit der digitalen Bordkarte scannen ließ, um zu passieren. Der Scanner leuchtete grün auf und die Männer passierten die Barriere. Eine Aufzugtür öffnete sich und sie stiegen in diesen ein, worauf der Hoheitsinspektor erneut sein Glasspad über einen Scanner zog und eine Zahl in das Pad eintippte. Die Tür schloss sich und der Fahrstuhl setzte sich in Bewegung. Es ging rasant abwärts, schneller, als es Marc von Aufzügen aus seiner Zeit gewohnt war. Kurze Zeit später stoppte dieser im Stockwerk -76 und die beiden liefen einige Meter vorwärts, bis sie vor einer stählernen Panzertür stoppten. Schwarz legte seinen rechten Zeigefinger auf den an der Tür angebrachten Scanner, lies von einem zweiten darüber angebrachten seine Iris scannen, indem er mit dem rechten Auge in diesen hineinschaute und zog anschließend erneut sein Glasspad über den ersten. Beide Geräte leuchteten nun grün und die Tür öffnete sich, hinter der ein uniformierter Beamter an einem Schreibtisch saß.

„Guten Tag. Sie wünschen?", fragte der Beamte, ohne von dem Formular aufzuschauen, das er gerade ausfüllte.

„Koloczeck, drei mal darfst du raten, was ich hier mache", antwortete Schwarz dem Beamten und grinste.

„The same procedure as every year?", fragte der Beamte, der nun von seinen Formularen aufsah, völlig emotionslos.

„The same procedure as every year!", entgegnete Schwarz und begann die Situation zu belächeln.

Marc wusste überhaupt nicht, was gerade geschah, als sich der Beamte schwerfällig von seinem Schreibtisch erhob und die beiden mit einer Handbewegung anwies, ihm zu folgen. Die drei Männer passierten nun noch einige Sicherheitstüren, bis sie schließlich in einer Waffenkammer angelangt waren. Koloczeck öffnete ein schweres, metallisches Schließfach und zog eine kleine Holzschatulle daraus hervor. In der hinteren rechten Ecke des Raumes stand ein langer Metalltisch, an dem auch einige Stühle standen. Der Beamte bewegte sich nun zu diesem Tisch, legte die Holzschatulle auf diesem ab und öffnete diese mit einem Schlüssel, was Marc nun wiederum vollkommen verwirrte.

„All diese digitalen Sicherheitssysteme und dann dafür ein Schlüssel?", fragte er Schwarz ironisch.

„Diese alte Methode wird in dieser Zeit immer sicherer, ob dus glaubst oder nicht. Glaubst du hier weiß noch jemand, wie man ein Schloss knackt? Fast alles hier läuft heutzutage digital, macht den Menschen das Leben einfacher und bequemer", erwiderte Schwarz.

„Mach dich damit ein paar Minuten vertraut. Hinter dir, auf der gegenüberliegenden Seite des Raumes, befindet sich ein Schießstand", leitete der Hoheitskommissar Marc an und wies auf die gegenüberliegende Seite des Raumes.

Der Beamte schob Marc nun die geöffnete Kiste zu, drehte sich um und entfernte sich wieder. Die Kiste war mit roter Seide ausgefüttert, auf der nun ein Toxicon, ein Glasspad und eine Pistole in ihren, in die Seide gepressten, Formen lagen. Vorsichtig, nein, sogar ehrfürchtig griff Marc nach dem Glasspad, welches bei der Berührung sofort damit begann, rot zu leuchten. Marc erschrak dabei, doch dieser Zustand hielt nicht lange an, da sofort das Display begann zu leuchten, welches tatsächlich dem eines Smartphones sehr ähnlich war.

„Keine Angst wegen der Farbe. Inspektorenpads und Toxicons leuchten bei Fremdzugriff prinzipiell rot auf. So kann selbst jeder Zivilist sofort erkennen, ob da ein Inspektor oder ein Betrüger vor ihm steht. Ist eine Art Sicherheitsfunktion, die vor Amtsmissbrauch schützen soll. Keine Angst, selbstverständlich tragen wir zusätzlich noch Dienstausweise. Die Farbe alleine genügt nicht, um sich als Inspektor auszuweisen. Also erschreck dich gleich nicht, wenn dein Toxicon beginnt, rot zu leuchten. Diese Ausrüstung war übrigens mal nebenbei erwähnt die persönliche Ausrüstung unseres durchgedrehten Ex-Inspektors, den wir zur Strecke bringen müssen", unterrichtete Schwarz Marc.

„Sehr beruhigend", fügte Marc hinzu, bevor er nun nach dem Toxicon griff, das sofort begann, rot zu leuchten.

„Geh rüber an den Schießstand und probier es aus", forderte Schwarz ihn nun auf.

Marc drehte sich um, lief quer durch den Raum und stand nun am Schießstand. Schwarz tippte einige Dinge auf seinem Glasspad ein, worauf das Licht im Raum erlosch und auf den Schießbahnen eine animierte Projektion, genauer gesagt ein einfaches Einsatzszenario, abgespielt wurde. Die auf die Schießbahnen projizierten Gestalten liefen hin und her, versteckten sich zwischendurch einige Male hinter ebenfalls projizierten Mauern und Gebäudeecken und schossen ab und zu aus der Deckung. Marc richtete das Toxicon in Richtung dieser Gestalten und dachte daran, diese auszuschalten. Fast im selben Moment begann das Toxicon wie ein Maschinengewehr zu feuern, worauf alle bisher sichtbaren, nicht in Deckung versteckte Gestalten, umfielen. Einige Momente später lukten die verbliebenen Angreifer aus ihren Deckungen hervor und feuerten. Zwei von drei traf das Toxicon automatisch, die Dritte hatte sich allerdings rechtzeitig zurück in die Deckung begeben, worauf einige verschossene Nadeln an der imaginären Hausecke, hinter der sich der letzte verbliebene Angreifer versteckte, abprallten. Doch kaum lukte dieser erneut hervor, wurde er gleich von zwei Nadeln im Gesicht getroffen, fast so, als sei das Toxicon erbost darüber, dass es die Gestalt nicht beim ersten Versuch getroffen hatte.

„Wow. Saubere Geschichte. 7 Personen ausgeschaltet, davon 6 saubere Halsschüsse und einen Kopf oder sogar eher Gesichtsschuss. Personen sind neutralisiert, allerdings nur betäubt. Woran hast du vor den Schüssen gedacht?", fragte Schwarz erstaunt.

„Ich habe nur daran gedacht, dass ich sie ausschalten möchte, mehr nicht. Danach hat das Ding einfach losgeballert", erklärte Marc.

„Das ist normal. Wenn du nicht explizit daran denkst, die Angreifer zu töten, werden sie meistens betäubt. Damit bist du der Erste auf diesem Schießstand, der in einer Simulation betäubt hat. So ziemlich jeder Inspektor, der hier stand, hat direkt getötet. Ich bin mir jetzt nur nicht sicher, ob das gut oder schlecht ist", warf Schwarz nachdenklich ein.

„Naja, wie auch immer. Das war ja auch einfach. Das Toxicon ist und bleibt unsere stabilste und präziseste Waffe. Probier jetzt mal die Pistole aus. Die ist im Gegensatz zu deiner inzwischen historischen Pistole zwar auch mehr als einfach zu handhaben, aber schwerer als das Toxicon", fügte er noch schnell hinzu.

Marc klemmte das Toxicon an seinen Gürtel, drehte sich um, lief zum Tisch, um die Pistole aufzunehmen und kehrte wieder an den Stand zurück. Bei der Berührung mit der Waffe, hatte sich ein Head-up-Display über dem Schlitten ausgefahren, genau mittig zwischen den beiden Stellen, an denen bei seiner Dienstwaffe Kimme und Korn montiert waren. Durch dieses konnte er, wie auf dem Display einer Videokamera, die Schießbahn und die Projektionen vor sich sehen. Schwarz startete das Szenario erneut und Marc begann mit dem Schießen. Die Ziele wurden von einem Fadenkreuz auf dem Display automatisch erfasst, allerdings musste Marc diesmal zumindest grob auf die Angreifer zielen, den Feinschliff erledigte die Waffe automatisch. Einer der Angreifer verließ gerade eine Hausecke, um die Deckung zu wechseln. Marc zielte auf seine Brust, auf dem Display visierte das Fadenkreuz den Kopf der Gestalt an und der Polizist drückte ab. Die Gestalt fiel zu Boden und so ging es nun noch einige Sekunden weiter, bis alle Ziele bekämpft waren.

„Gar nicht mal schlecht in der Zeit, aber zu langsam. Hier kommt es nicht auf genaues Zielen, sondern schnelles Reagieren an. Zielen ist eine Kunst, die hier zum großen Teil von der Technologie übernommen wird. Es geht hier also nur um Reaktionszeit. Wir probieren das Ganze noch mal", ordnete Schwarz an und startete die Simulation erneut.

Fast eine Stunde exerzierte Marc das Schießtraining, bis er sich schließlich an die Waffe gewöhnt und die Simulation in einem konstanten und annehmbaren Zeitrahmen abgeschlossen hatte. Allerdings legte er diese nach der Übung zurück in die Kiste, nahm im Gegenzug das Glasspad aus dieser und schob sie von sich weg. Der Hoheitsinspektor setzte sich nun an den Tisch, um Marc die für den Einsatz relevanten Funktionen des Pads zu erklären und ihn damit vertraut zu machen. Im Gegensatz zum Schießtraining dauerte dieser Unterricht etwas länger, genau genommen nämlich eine Stunde und dreißig Minuten, da Marc oftmals Verständnisschwierigkeiten und Probleme im Umgang mit dem Gerät hatte, bis er es passabel beherrschte und die Handhabung verstanden hatte. Zufrieden lächelnd, aber auch müde und niedergeschlagen erhob Hoheitsinspektor Schwarz sich von seinem Stuhl, streckte sich, klopfte Marc auf die rechte Schulter und bewegte sich zur Sicherheitstür.

„Komm. Wir müssen morgen ausgeschlafen sein. Eine gute Mütze Schlaf und morgen früh legen wir los", sagte der Inspektor.

„Ist das nicht verstrichene Zeit? Wir sollten gleich losschlagen!", protestierte Marc entschlossen.

„Schon vergessen? Wir unternehmen eine Zeitreise. Es spielt überhaupt keine Rolle, wann wir zuschlagen. Trödeln dürfen wir natürlich auch nicht, denn behalte immer im Hinterkopf, dass er dich jagt, doch hierher oder in meine Nähe wird er sich nicht trauen. Abgesehen davon wird es Ewigkeiten dauern, bis er verstanden hat, wohin du verschwunden bist und was hier vor sich geht. Er erlebt die Situation genauso wie du zum ersten Mal. Ich habe sie hingegen mit euch beiden schon einige Male erlebt. Also, ab nach Hause. Morgen früh schlagen wir los!", befahl Schwarz, wartete noch einen Moment bis Marc sich ebenfalls erhoben hatte und zusammen verließen sie nun den Raum.

Marc öffnete die Augen. Schlaftrunken drehte er seinen Kopf nach links, in die Richtung, in der der Nachttisch neben dem Bett stand. Der darauf befindliche Wecker zeigte halb elf Uhr vormittags an. Der Polizist richtete sich im Bett langsam auf, streckte sich und gähnte genüsslich. Er griff nach seiner Hose, die ebenfalls links neben seinem Bett auf dem Boden lag, stand langsam auf und streifte sich diese über. Anschließend griff er nach seinem Glasspad und seinem Toxicon, die auf dem Nachttisch lagen, ließ das Pad in seiner rechten Hosentasche verschwinden und klemmte das Toxicon an seinen Gürtel. Frisch und ausgeschlafen schlurfte er nun aus dem Zimmer heraus und verschwand einige Minuten im Bad, bevor er die Küche betrat. Schwarz saß dort bereits am Küchentisch und schlürfte träge seinen Kaffee.

„Morgeeeeeeen", begrüßte ihn Marc munter.

„Morgen", brummelte Schwarz in seine Kaffeetasse hinein.

„Ich mach Frühstück. Brauchst du etwas Besonderes oder sonst irgendwelche Sonderwünsche?", fragte Marc nett und zuvorkommend mit einem Lächeln auf dem Gesicht.

„Ne, alles in Ordnung. Warum zum Teufel bist du eigentlich so gut gelaunt? Hattest du gestern Nacht ein Mädchen hier, von dem ich nichts mitbekommen habe?", erkundigte sich Schwarz ironisch.

„Witzig. Nein, echt, wirklich witzig Schwarz. Ich gehe heute nach Hause. Weißt du, wie ich das alles vermisst habe? Die ganzen Toten, die zerstörte Stadt, mein Freund und Kollege, der im Koma liegt, gibt doch nichts Schöneres nach einem herzhaften Frühstück und einem Kaffee", machte Marc sich über ihn lustig.

„Nein, aber mal echt. Ich vermisse mein zu Hause. Ich werde meine Nina, Köster im Krankenhaus und die Stadt, so wie ich sie kenne, wieder sehen. Das ist für mich ein riesen Grund zur Freude. Du kannst das sicherlich nicht verstehen", erklärte Marc.

„Bevor du gleich feucht wirst, vergiss mal lieber nicht, dass wir zu arbeiten haben und nicht in einen Ferienpark fahren", entgegnete Schwarz, warf Marc einen bösen Blick zu und schlürfte erneut einen Schluck Kaffee.

„Kein Grund mich so anzufahren. Entspann dich mal und komm runter von deinem Berg des Zorns. Mir ist der Ernst der Lage durchaus bewusst", rechtfertigte sich Marc.

Während Marc das Frühstück zubereitete, sprachen die beiden kaum ein Wort. Auch während sie aßen, schwiegen sie sich an. Während Marc fleißig aß, stocherte Schwarz nur in seinem Essen herum, nahm zwischenzeitlich einen Happen, nur um im Anschluss wieder darin herumzustochern. Gelangweilt schob er seinen Teller beiseite und wartete darauf, dass Marc nun endlich fertig aß. Zehn Minuten später war nun auch Marc mit dem Frühstücken fertig, stellte die beiden Teller aufeinander, trug sie zur Spüle hinüber und stellte sie in diese. Daraufhin drehte er sich um, ging zur Haustür, öffnete sie, stellte sich vor diese und lehnte sie an. Er kramte in seiner linken Hosentasche, zog ein Kippenpäckchen hervor und zog aus diesem eine Zigarette, die er sich in den rechten Mundwinkel steckte. Er atmete noch einmal tief durch, kramte erneut in seiner linken Hosentasche, zog nun ein Feuerzeug heraus und zündete sich die Zigarette an. Er hatte seit Tagen keine Kippe mehr geraucht. Da Marc starker Raucher war, hauten ihn die ersten Züge, die er inhalierte, fast aus den Schuhen. Nikotinflash hatte man das Phänomen in seiner Zeit genannt. Doch der Schwindel verflog nach einigen Zügen glücklicherweise wieder. Schwarz, der erbost darüber war, dass Marc ihn nicht darüber aufgeklärt hatte, was dieser vor der Haustür mache, öffnete nun die Haustür, trat ein paar Schritte nach vorne und stand nun rechts neben Marc.

„Halt mir jetzt keine Standpauke. Wir können ja gleich los", mahnte Marc Schwarz präventiv.

„Hast du eine für mich?", bat Schwarz ihn um eine Zigarette, während er geradeaus ins Nichts starrte.

„Du rauchst doch überhaupt nicht. Nichtraucher, die Rauchern die Zigaretten wegrauchen. Schlimm, dieses Pack. Die hab ich schon in meiner Zeit nicht gemocht. Immer wenn sie was getrunken hatten, haben sie sich versucht Kippen zu schnorren", rügte der leicht erboste Marc Schwarz.

„Angesichts der schwierigen Aufgabe, die uns bevorsteht, ist es immer irgendwann einmal Zeit für das erste Mal, weißt du", sagte Schwarz ruhig.

„Da, nimm!", entgegnete Marc und hielt Schwarz das geöffnete Zigarettenpäckchen unter die Nase.

„Schnorrer", fügte er leise hinzu, nachdem Schwarz eine Kippe aus dem Päckchen gezogen hatte und grinste.

Die beiden standen nun schweigend vor der Tür und rauchten im Schneckentempo ihre Zigaretten. Sie wirkten völlig in sich gekehrt, als würden sie die Ruhe vor einem Sturm genießen. Wortlos schnippten sie beide nach einigen Minuten ihre Zigaretten von sich weg, machten auf dem Absatz kehrt und betraten das Haus erneut. Schwarz zog seinen Mantel über und beide stellten sich nun vor die Tür, die zur Toilette führte.

„Bist du bereit?", fragte Schwarz den nun sichtlich nervös werdenden Marc.

„Ich denke schon", antwortete Marc mit einem nicht überhörbaren Zittern in der Stimme, das er vergeblich versuchte zu verbergen.

„Diesmal ist es dein Auftritt. Ladies first", gab Schwarz Marc den Vortritt und deutete auf das Glasspad, das er in der Hand hielt.

„Danke. Ich hoffe es geht nicht schief", bedankte dieser sich.

Marc zog das Glasspad aus seiner Hosentasche und öffnete die Zeitreiseapp. Mit zittrigen Fingern begann er damit, das exakte Datum minus zwei Tage, an welchem die ersten Opfer des Virus ins Krankenhaus eingeliefert wurden, einzutippen. Die App bestätigte die Eingabe, worauf er langsam mit der rechten Hand nach der Türklinke griff, sie herunterdrückte und anschließend an der Tür zog. Sie quietschte, doch hinter der Tür verbarg sich diesmal nicht die Toilette, sondern Marc konnte auf den Limburger Bahnhof blicken. Sie mussten wohl gleich aus einem der anliegenden Geschäfte, Kneipen oder Dönerläden treten.

„Na dann mal los!", befahl Schwarz und schubste Marc durch die Tür.

„Warte!", hatte Marc noch gebrüllt, als er begriff, was Schwarz vorhatte.

Er stolperte aus der Tür heraus und stieß direkt mit einer jungen Frau zusammen, die einige Schritte nach links taumelte und in ein Gebüsch fiel. Marc war ein wenig übel, doch er riss sich zusammen, ging auf die Frau zu und half ihr wieder auf die Beine.

„Pass doch auf du Vollidiot!", keifte die Frau ihn an und schlug ihm leicht mit der Faust gegen die Schulter.

„Sag mal! Au! Es tut mir ja wirklich leid, aber Sie müssen mich ja nicht gleich hauen!", ärgerte sich Marc und begann im Anschluss zu grinsen.

„Pass das nächste Mal einfach auf, wo du hintrittst, man!",
fauchte die erboste Frau ihn erneut an, wandte sich von ihm ab
und lief davon.

„Du bist ja ein richtiger Charmeur. Der kleine, süße Wagner",
begann Schwarz, der nun schon seit einigen Sekunden hinter Marc
stand, sich über ihn lustig zu machen.

„Ach, halt doch die Fresse! Wir müssen weiter", gab Marc trot-
zig von sich.

„Moment. Wohin müssen wir eigentlich?", hakte Marc anschließend nach, nachdem er bemerkte, dass er eigentlich keine Ahnung
davon hatte, was sie jetzt eigentlich genau tun sollten.

„Wir, mein lieber Freund und Frauenstecher, werden uns die
nächsten beiden Tage in die Dönerladen dort hinter dem Brunnen
setzen und darauf warten, dass unser Täter das Gift freisetzt. Danach werde ich mit dem Toxicon eine Probe entnehmen, worauf
das Gerät ein Gegenmittel herstellt, das wir umgehend in das
Krankenhaus bringen. Anschließend kümmern wir uns um den Attentäter. Du solltest nur darauf achten, dass du dir selbst nicht begegnest. In zwei Wochen ist es dann wieder ungefährlich, da dein

hier befindliches Ich sich in dem Moment auflösen wird, indem du mit mir aus Marienstatt verschwunden bist." unterrichtete Schwarz Marc, während er quer über die anliegende Straße und über den Brunnen hinaus auf einen Dönerladen, der an den Bahnhof angeschlossen war, deutete.

„Ich werde mir Mühe geben", versicherte Marc.

„Das reicht nicht. Es ist Priorität, dass du dir bis dahin nicht selbst begegnest und dass niemand, den du kennst auf einmal zwei von dir sieht", mahnte Schwarz zur Achtsamkeit.

Die beiden überquerten die Straße, liefen um den Brunnen herum und stiegen einige Stufen zu dem Dönerladen empor, in den sie sich nun setzten und einen Kaffee tranken. Nachdem ein Kellner ihnen ihre Getränke gebracht und abkassiert hatte, schlurfte Marc zum Tresen herüber, zeigte den Angestellten seinen Dienstausweis und machte ihnen deutlich, dass sie einige Zeit in dem Laden verbringen würden, da es sich hier um eine Observierung handle. Die Angestellten erklärten sich damit einverstanden und informierten ihren Chef. So verging Stunde um Stunde, Kaffee um Kaffee und sogar Döner um Döner. Marc nutzte die Zeit, um intensiv über das nachzudenken, was ihm nun erneut bevorstand. Noch während er in Gedanken versunken und den Kopf in seinen Händen vergraben am Tisch saß, sprang Schwarz auf, stürzte wie besessen aus dem Laden heraus und rannte auf den Brunnen zu. Marc, der einen riesen Schreck bekommen hatte, schaute jetzt zum Fenster hinaus und erst nach einigen Sekunden realisierte er, dass Schwarz auf einen Mann zu rannte, der gerade einen silber- metallischen Gegenstand in den Brunnen hielt. Dieser Gegenstand leuchtete nun auf. Marc war sich sicher, dass es ihre Zielperson war, die gerade mit Hilfe des Toxicons den Brunnen vergiftete. Die Person sah Schwarz allerdings und richtete nun das Toxicon auf ihn. Der Hoheitskommissar stolperte, als er die Gefahr erkannte und sich hinter den Brunnen in Deckung werfen wollte, und fiel mit voller Wucht über dessen Kante, worauf er im Wasser landete. Die Menschen um ihn herum lachten. Sie erkannten die Gefahr einfach nicht, die von dem Mann mit dem Metallstift und dem Brunnenwasser ausging. Unverzüglich sprintete Marc ebenfalls aus dem Laden und nahm die Verfolgung des Mannes auf. Dieser war gerade über die Straße in Richtung Neumarkt gerannt, da stoppte er auf der Höhe einer Filiale der Deutschen Telekom, die auf dem Weg vom Bahnhof zum Neumarkt kurz vor dessen Erreichen rechter Hand in einem Eckgeschäft niedergelassen war. Er begann auf Marc zu zielen und feuerte. Marc, der den Schützen gerade noch rechtzeitig erkannte, ging hinter einer Informationstafel der Stadt Limburg in Deckung. Ein unaufhörliches metallisches Klicken drang nun in Marcs Gehör. Die Nadeln schlugen unaufhörlich auf der Rückseite der Informationstafel ein und prallten an dieser ab. Als das Klicken plötzlich verstummte, wagte der Kommissar einen Blick hinter der Tafel hervor und sah den Mann nur noch um eine Ecke auf die Werner-Senger-Straße huschen. Erneut begann Marc damit, hinter dem Mann her zu spurten, doch als er die besagte Ecke erreichte, blickte er nur in das übliche Menschentreiben auf der besagten Straße, der Limburger Einkaufsstraße. Aufmerksam schaute er sich um, herüber zur Buchhandlung Thalia, dann wieder auf die andere Seite zu Vohl&Meyer und schließlich wieder in die Menschenmenge. Er hatte den Attentäter verloren. Hinter ihm hörte er nun laute Schritte und ein Keuchen. Schwarz, völlig außer Atem, stand nun hinter ihm.

„Wir müssen dich sofort ins Krankenhaus bringen. Du bist infiziert!", begann Marc besorgt.

„Also erstens können die da auch nichts für mich tun und zweitens habe ich aus dem Brunnen bereits die Probe entnommen und mir das Gegenmittel gespritzt. Was wir jetzt brauchen sind Gefäße, in die wir den Impfstoff aus dem Toxicon füllen können", beruhigte Schwarz ihn.

„Was war das überhaupt für eine bescheuerte Aktion? Du warst doch derjenige, der mir zig Mal eintrichtern wollte, dass wir unbedingt warten müssen und ihn später schnappen!", beschwerte sich Marc nun.

„Als ich diesen Bastard gesehen hab, sind mit mir die Pferde durchgegangen. Das war unprofessionell", entschuldigte Schwarz sich.

„Das kannst du wohl laut sagen", bestätigte Marc ihn und warf ihm einen Blick zu, der schnell erkennen lies, dass Marc langsam aber sicher ziemlich genervt von dem scheinheiligen Hoheitsinspektor war.

„Also. Gefäße! Wo?", erkundigte sich Schwarz nun.

„Das ist jetzt mal ganz alleine deine Aufgabe. Ich hab vorher noch was zu erledigen. Und wehe, du beeilst dich nicht. Du weißt selbst, dass jetzt jede Sekunde zählt!", ermahnte und strafte Marc ihn.

„Willst du mich verarschen? Was ist denn bitte so wichtig, dass du mir nicht dabei hilfst, Menschenleben zu retten? Bist du noch zu retten?", erwiderte Schwarz nun laut und erbost.

„Diskutier nicht mit mir, sondern tu es einfach, verdammt! Sei in zwei Tagen wieder hier! Du lieferst das Gegenmittel jetzt sofort ab, dann suchst du dir eine Unterkunft. In zwei Tagen will ich dich genau hier wieder sehen! Ob du jetzt schläfst oder mal einfache Aufgaben übernimmst und den Menschen auf den Straßen hilfst, statt dir selbst, ist mir egal. Du hast für den Moment genug Schaden angerichtet! Keine Zeitreisen mehr, ich hoffe das war jetzt klar und deutlich für dich!", befahl Marc nun zum ersten Mal, drehte sich um und lies den verdutzten Hoheitskommissar stehen.

Marc wollte diesen Fall nun endlich verstehen und aus genau diesem Grund beschloss er, den Ereignissen, die er selbst erlebt hatte, in den nächsten Tagen als objektiver Beobachter beizuwohnen. Er war davon überzeugt, dass er nur so die Verbindung zwischen den Ereignissen sehen und verstehen konnte. Er hatte zwar das Gefühl, dass er wisse, was gespielt wird, doch der Gesamtrahmen fehlte ihm. Er wollte wirklich alles an diesem Fall verstehen und dabei musste er ungestört sein. Er stieg in einen Bus und verließ diesen nach einer viertel Stunde Fahrt auch gleich wieder an der Haltestelle „Im Finken" an der Offheimer Höhe, wo das Polizeirevier lag.

Nervös lehnte er nun schon fast vierzig Minuten an einem Stromkasten und blickte auf die Ausfahrt des Polizeipräsidiums. Gerade als er die Hoffnung schon aufgegeben hatte, verließ nun ein silberner BMW die Ausfahrt und Marc erkannte tatsächlich Köster und sich selbst im Fahrzeug. Die beiden mussten wohl nun auf dem Weg zum Krankenhaus sein, wo die ersten Infizierten eingeliefert wurden. Marc tröstete sich jedoch mit dem Gedanken, dass es nicht viel mehr Infizierte werden würden. Der erste Tag der Epidemie würde sich wahrscheinlich genau wie in seiner Erinnerung abspielen, die nächsten allerdings nicht. In der Dunkelheit stand er zwar nicht gerne in dieser Gegend herum, doch er zwang sich dazu, noch einige Minuten zu warten, zündete sich eine Zigarette nach der anderen an, um seine Nervosität abzubauen und überquerte letztendlich nach einer weiteren viertel Stunde die Straße zum Polizeipräsidium. Er atmete noch einmal tief durch und durchschritt anschließend die Eingangstür des Reviers, woraufhin er hinüber zum Empfang ging.

„Da bist du ja wieder. Das ging aber schnell", begrüßte ihn Kunze, der Polizist, der am Empfang saß, verwundert.

„Ja. Köster hat mich aus dem Wagen geworfen", erklärte Marc und setzte einen angenervten Blick auf.

„Was hast du denn jetzt schon wieder ausgefressen?", fragte Kunze und begann zu lachen.

„Frag einfach nicht. Wenn der wieder Ärger zu Hause hat, muss ich das ausbaden, also wie immer", fuhr Marc fort und begann zu seufzen.

„Ihr solltet mal zu einer Paartherapie gehen, bevor das der Chef mitbekommt, mal ehrlich", mahnte Kunze Marc.

„Ich brauch n Wagen aus dem Fuhrpark und eine neue Dienstwaffe", bat Marc den Beamten.

„Der Wagen kein Problem, aber warum eine neue Dienstwaffe?", bohrte Kunze.

„Die liegt zu Hause auf dem Nachttisch", versuchte Marc eine plausible Erklärung zu finden.

„Dann fahr und hol sie. Hier sind die Schlüssel. Der Opel vor der Tür ist es", entgegnete Kunze unbeeindruckt.

„Geht nicht. Keine Zeit dafür. Du hast selbst gehört, was da draußen los ist. Ich muss sofort zum Krankenhaus. Das wird eine verdammt lange Nacht", biss Marc sich jetzt fest.

„Du weißt, dass ich das nicht machen kann. Du bist inzwischen auch ein paar Jahre Polizist", begann Kunze die Bitte zu blockieren.

„Kunze! Wir befinden uns hier bald in einem Ausnahmezustand! Wenn das hier vorbei ist, fülle ich dir jede Schadensmeldung aus, die du willst und stehe persönlich beim Chef dafür gerade, aber jetzt brauche ich eine neue Dienstwaffe, verdammt noch mal!", begann Marc jetzt zu schreien.

Kunze kniff die Augen zusammen, warf die Stirn in Falten, erhob sich von seinem Stuhl und verschwand. Nervös und unbehaglich wartete Marc nun einige Minuten und trommelte nervös mit den Fingern seiner rechten Hand auf der Glasscheibe herum, hinter der Kunze bis eben an seinem Tisch gesessen hatte. Als dieser jedoch plötzlich mit einer entladenen Pistole und zwei Magazinen in der Hand wieder auftauchte, atmete Marc erleichtert auf. Er hatte befürchtet, dass Kunze jetzt den Chef informieren würde, doch kameradschaftlich, wie dieser nun einmal war, vertraute er Marc und wickelte den Vorfall hinter dem Rücken des Chefs ab. Er legte die Waffe, die in einem Holster steckte, sowie die Magazine und die Autoschlüssel in eine Klappe, die sich unter der Glasscheibe hindurch schieben lies, und übergab auf diesem Weg Marc das Material. Marc befestigte den Holster an seinem Gürtel, führte eines der beiden Magazine in die Pistole ein und ließ das zweite in seiner linken Hosentasche verschwinden.

„Auf dich kann man sich wenigstens noch verlassen", verabschiedete sich Marc von Kunze, begann zu grinsen, griff nach dem Autoschlüssel und verließ das Revier.

Langsam drehte er den Schlüssel im Zündschloss des Opels um, worauf der Wagen ein wenig stotterte und schließlich startete. Von diesem Moment an verfolgte Marc sich selbst und Köster, hielt sich dabei jedoch, so weit es möglich war, bedeckt. Lediglich in die verwüstete Innenstadt konnte und wollte Marc den beiden Kommissaren nicht folgen. Die Zeit verstrich und Marc wurde müde, doch ihm war bewusst, wie wichtig die Observierung war und zwang sich dazu, überpünktlich jedem Schlüsselereignis beizuwohnen. Er hatte seinen Wagen schon seit zwanzig Minuten an der Limburger Schleuse geparkt und schaute immer wieder auf seine Uhr, da nahm er plötzlich den Streifenwagen wahr, in dem er selbst und Köster saßen. Das Polizeifahrzeug machte, wie in seiner Erinnerung, am letzten Checkpoint vor der alten Lahnbrücke halt und passierte diesen dann in Richtung Limburger Innenstadt. Marc kullerte eine Träne die linke Wange hinab, als es plötzlich eine Explosion gab und die Lahnbrücke in sich zusammenstürzte. Die Soldaten und Polizisten am Checkpoint rannten wie ein wild gewordener Hühnerhaufen durcheinander und begannen sofort damit an einer Möglichkeit zu arbeiten, das in der Lahn versinkende Fahrzeug zu erreichen. Marc startete den Motor seines Wagens und machte sich mit völlig aufgewühlten Gefühlen auf den Weg zur Uniklinik nach Gießen.

Er erwachte. Er musste einige Stunden geschlafen haben. Marc saß auf einem der zahllosen Stühle vor der Notaufnahme, die auch hier, ähnlich wie im Limburger Krankenhaus, hoffnungslos überfüllt war. Er rieb sich die Augen, streckte sich genüsslich und schlurfte zur Anmeldung herüber, hinter der ein junger Mann stand.

„Ich suche Herrn Köster. Müsste mit dem Hubschrauber eingeflogen worden sein. Wo kann ich den Mann finden?", fragte Marc.

„Sind Sie ein Verwandter?", erwiderte der Mann hinter der Anmeldung trocken.

„Nein. Kommissar Wagner. Oberkommissar Köster ist mein Partner", erklärte Marc ebenfalls trocken und zeigte dem Mann seinen Dienstausweis.

„Also, Herr Köster hatte einen schweren Unfall. Er wurde bereits operiert, musste allerdings ins künstliche Koma versetzt werden. Sieht nicht gut aus, soweit ich das mitbekommen habe. Fünfte Etage, Zimmer 506", wies der Mann Marc nun sichtlich freundlicher gestimmt ein.

„Danke", gab Marc nur flapsig von sich und warf dem Mann noch einen erbosten Blick zu, bevor er im Fahrstuhl verschwand.

Langsam öffnete sich die Tür von Zimmer 506. Marc schritt langsam durch den Türrahmen und schloss die Tür anschließend behutsam. Köster lag, an unzählige Maschinen und Geräte angeschlossen, in einem Krankenbett. Zu Marcs Verwunderung war der Raum, bis auf Köster selbst, allerdings menschenleer. Weder ein Arzt, eine Schwester, noch seine Familie hielt sich hier auf. Dem Kommissar fiel es schwer, seinen Partner so hilflos hier liegen zu sehen. Er hielt eine Minute inne und sein zunächst schweifender Blick ruhte nun endgültig auf Köster. Er dachte daran, wie viel die beiden schon miteinander erlebt hatten, an die guten, genauso wie an die schlechten Dinge, die sie zusammen durchgestanden hatten. Als jedoch auf dem Gang plötzlich eine Tür zuknallte, worauf Marc kurz erschrak, fasste er sich wieder, schritt ehrfürchtig, nein, sogar ängstlich auf das Bett zu. Langsam griff er mit der rechten Hand nach seinem Toxicon, zog es von seinem Gürtel ab und streckte seinen rechten Arm in Richtung Köster aus. Die Waffe leuchtete rot auf, während Marc fest daran dachte, dass sein Partner unbedingt wieder gesund werden musste. Er zwang sich krampfhaft, an nichts anderes zu denken. Im selben Moment fuhr sich eine Nadel aus der Spitze des Toxicons aus. Der Kommissar wusste, dass er jetzt präzise sein musste und eine der beiden Venen am Hals seitlich des Unterkiefers treffen musste, denn sollte er die Arterie treffen, wäre es höchstwahrscheinlich für Köster vorbei. Ob man einem Schlaganfall im Koma erliegen konnte, wusste Marc zwar nicht, doch dieses Risiko wollte er nicht eingehen. Vorsichtig setzte er nun das Toxicon an der linken Seite des Halses an und stach die Nadel in den Selbigen. Marc atmete erleichtert auf, als er die Nadel herauszog, nachdem das Toxicon angefangen hatte rot zu blinken und dunkelrotes Blut aus Kösters Hals lief. Das bedeutete, dass er die Vene und nicht die Arterie getroffen hatte, folglich wäre nun sonst hellrotes Blut aus Kösters Hals gelaufen und Marc dürfte sich wahrscheinlich erneut einer Mordbeschuldigung stellen. Behutsam und ohne zu viel Druck auszuüben, presste Marc nun einige Minuten seinen Mittel und Zeigefinger der rechten Hand auf die Blutung, um diese zu stoppen. Er hoffte nur, dass in diesem Moment niemand hereinkommen und er Köster nicht durch zu festes Pressen die Arterie abdrücken würde, doch all diese Befürchtungen konnte er vier Minuten später wieder verwerfen. Marc konnte ab diesem Moment nichts mehr für Köster tun. Er wartete noch einige Minuten an dessen Bett, drehte sich anschließend um und verließ Raum und Klinik.

Erneut begann der Kommissar nun, dem roten Faden seiner Erinnerung an die Ereignisse zu folgen. Auch beobachtete er das Attentat an der St. Lubentius Kirche in Dietkirchen von seinem Wagen aus, konnte jedoch den Attentäter und Schützen trotz intensiver Suche mit dem Fernglas nicht ausmachen. Zumindest war er froh, dass sein zweites Ich ihn im Wagen nicht entdeckt hatte. Enttäuscht und langsam frustriert fuhr er weiter zum Domhotel und wartete dort, bis er schließlich zwei Polizisten erblickte, die sein zweites Ich gerade abführten. Der Kommissar zögerte nicht. Er öffnete den Kofferraum, in den Kunze für gewöhnlich immer, wenn Köster oder Marc ein Fahrzeug aus dem Fuhrpark holten, eine Uniform legte. Hinter dem Rücken des Chefs hatten die drei Polizisten des Öfteren Wetten auf Vorgänge innerhalb des Reviers abgeschlossen. Von diesen Wetten hatte Kunze so ziemlich jede verloren. Er konnte zu Wetten eben einfach nie Nein sagen. So musste er Marc und Köster regelmäßig Fahrzeuge aus dem Fuhrpark hinter dem Rücken des Chefs für einige Tage verschaffen, zur weiteren Demütigung sollten darüber hinaus immer, wenn die beiden einen Wagen verlangten, zwei frisch gebügelte Uniformen im Kofferraum des jeweiligen Wagens liegen. Die beiden trugen so gut wie nie die Uniform, doch es beliebte ihnen, Kunze so regelmäßig zu ärgern, denn für jede Verfehlung durfte dieser am wochenendlichen Stammtisch eine Runde geben. Marc hätte es nie für möglich gehalten, dass er diesen schwachsinnigen Wetterlös noch einmal gebrauchen könnte. Wutentbrannt trat der Kommissar gegen den rechten Hinterreifen des Wagens.

„Dieser Mistkerl. Nicht mal die einfachsten Wetten kann er einhalten!", ärgerte sich Marc.

Im Kofferraum lagen wie vorgeschrieben zwei komplette Uniformen, bestehend aus Schuhen, Hose, Gürtel, Hemd, Binder und Jacke, jedoch ohne die zugehörige Ausrüstung und zu Marcs Ärger waren beide Uniformen total zerknittert, statt gebügelt. Beim Umziehen begann Marc allerdings kurz zu schmunzeln, nachdem er überlegt hatte, ob das nun Kunzes große Rache darstellen sollte.

Der Kommissar setzte sich nun die Schirmmütze auf den Kopf, rückte diese gerade, befestigte seine Dienstwaffe noch schnell am Gürtel, betrat das Hotel und verschwand rasch im Aufzug, um die Tür des Zimmers zu untersuchen, in dem der Attentäter versucht hatte, ihn zu töten. Er fand das Zimmer zügig, vergewisserte sich, dass niemand auf dem Gang stand und ihn beobachtete. Schlussendlich zog er das Inspektorenpad aus seiner Hosentasche. Er öffnete eine App des HED, die es den Inspektoren ermöglichte festzustellen, wohin ein Krimineller geflüchtet war, nachdem die Tür bereits zu und somit ins Schloss gefallen war. Zu seinem Erstaunen war der Attentäter nur einige Minuten in die Zukunft und in ein Toilettenhäuschen geflüchtet, welches gegenüber dem Bischofssitz unterhalb des Domes lag. Marc begann zu grinsen, denn dieser Umstand gab ihm nun einige Minuten Zeit den Flüchtigen abzufangen. Der Kommissar rannte wie ein Besessener aus dem Hotel, spurtete über den Kornmarkt, bog nach links in die Salzgasse ein, wandte sich nach rechts und sprintete über den Fischmarkt. Er nahm die Abzweigung an der Tonne nach rechts und schleppte sich den Anstieg zum Dom, die sogenannte Domstraße, herauf, bis er auf halbem Weg stehen blieb, tief durchatmete und erleichtert auf seine Uhr schaute. Jeden Moment musste der Attentäter aus der Tür des Toilettenhäuschens treten. Marc postierte sich auf der gegenüberliegenden Straßenseite, von der aus er den Eingang des Häuschens im Blick hatte. Es sah für ihn aus, als wäre das Häuschen abgeschlossen, denn wenn es ab und zu einmal für Touristen geöffnet war, stand die Tür meist weit offen, während sie nun allerdings geschlossen war. Die Sekunden vergingen für den Kommissar wie gefühlte Stunden. Nervös und angespannt beobachtete er, wie sich nun tatsächlich die Tür öffnete und ein schmächtiger Mann durch diese schritt. Er hielt ein Glasspad in der Hand, auf das er noch einen kurzen Blick warf, bevor er es in einer seiner Jackentaschen verschwinden lies. Marc war fassungslos und ihm klappte die Kinnlade herunter, als er plötzlich erkannte, wer da eigentlich gerade die Tür durchschritten hatte. Es war Martens, der Sekretär von Frau Nebowska. Martens, der sich gerade in Bewegung gesetzt hatte und in Richtung Dom lief, nahm plötzlich Kommissar Wagner wahr. Vielleicht hatte er ihn auch nicht erkannt, aber zumindest die Polizeiuniform und die kritischen Blicke des Polizisten hatte er wahrgenommen. Der Sekretär legte einige Schritte zu, worauf auch Marc seine Schritte beschleunigte. Die Folge war, dass Martens, der ständig über seine Schulter blickte, damit begann, zu rennen. Marc setzte ihm nach und verfolgte ihn die Domstraße hinauf, über den Domvorplatz, bis hin zu den schweren Holztüren des Domes.

„Martens! Bleiben Sie stehen!", schrie Marc und zog seine Pistole, die er nun auf den Sekretär richtete.

Doch Martens reagierte nicht darauf und stürzte in den Dom hinein. Marc rollte mit den Augen, jagte dem Mann hinterher und fand sich anschließend im menschenleeren Dom wieder. Dort war es dunkel, lediglich ein paar Kerzen brannten auf dem Altar und warfen flackernd Schatten auf das kalte Kirchengemäuer. Marc tastete sich vorsichtig, die Pistole erhoben, durch das Mittelschiff. Er durchsuchte langsam Bankreihe für Bankreihe, indem er sich ständig schnell nach links und anschließend um hundertachtzig Grad drehte, bis er schließlich alle Reihen durchsucht hatte und am Altar angelangt war. Er wandte sich nach links, schlich an einer großen Stützsäule vorbei und gab die Hoffnung schon fast auf, da wurde er von hinten gepackt und zu Boden geschleudert. Er schlug mit seinem Kopf auf dem kalten Stein auf. Die Kerzen flackerten nun wild hin und her, fast als ob im Dom plötzlich ein Luftdurchzug herrschte. Benommen kroch der Kommissar nun zu den Stufen des Altars und versuchte sich wieder aufzurichten, da bekam er einen Tritt in die Nierengegend und sackte erneut in sich zusammen. Verzweifelt, aber unmerklich griff der Kommissar nach seinem Toxicon. Der Angreifer drehte den Kommissar nun mit Hilfe seines rechten Fußes auf den Rücken, beugte sich zu ihm herunter, erkannte das Toxicon allerdings zu spät und sackte, eine Nadel im Hals steckend, in sich zusammen. Hustend und Blut spuckend zog sich Marc langsam die Stufen zum Altar herauf und half sich durch Hochziehen an diesem letztendlich selbst wieder auf die Beine. Er bekam kaum Luft, hustete, nein, spuckte sogar Blut und hatte für einen kurzen Moment die Orientierung verloren. Er atmete einige Male tief durch, griff sich mit der rechten Hand an den Kopf und hielt sich diese anschließend vor Augen. Seine Hand war blutverschmiert, was bedeutete, dass er eine Platzwunde am Hinterkopf haben musste. Der Kommissar begutachtete den Angreifer, der nun am Boden lag und sich nicht mehr rührte. Lediglich die Augen bewegten sich noch. Es war Martens, dem Marc ein Betäubungsmittel in den Hals geschossen hatte. Der Kommissar schritt nun mit großen Schritten auf diesen zu, zog sein Toxicon und kniete sich zu Martens rechter Seite nieder. In den Augen des Sekretärs konnte er Todesangst und Verzweiflung lesen. Marc hielt einen Moment inne und dachte darüber nach, wie schrecklich es sein musste, völlig bewegungsunfähig seinem vermeidlichen Tod ins Auge zu blicken. Er grinste und stach Martens das Toxicon in die Vene auf der linken Seite seines Halses. Dieses begann nach einigen Sekunden zu blinken, worauf Marc die Nadel aus Martens Hals zog und nun mit den Fingern seiner rechten Hand Druck auf die Blutung ausübte, genau so, wie er es bei Köster getan hatte. Er nahm wahr, wie der Sekretär langsam seine motorischen Fähigkeiten zurückerlangte. Zunächst zuckten die Finger leicht, eine halbe Minute später konnte der Mann seinen Arm wieder etwas bewegen. Nachdem einige Minuten verstrichen waren, nahm Marc seine Finger von Martens Hals.

„Du bist also der Attentäter. Du wärst der Letzte, auf den ich getippt hätte", begann Marc das Gespräch.

„Isch bim kin Affentöfer", antwortete Martens, dessen Mund immer noch betäubt war.

„Wir warten noch einen Moment. Aber weißt du, du wirst mir gleich einige Antworten geben, da bin ich mir sicher. Mit dem Toxicon kann man doch sicherlich eine Art Wahrheitsserum spritzen. Grenzenlos einsetzbar das Ding. Aber die Sache ist halt nur die: Ich bin mit dem Teil noch nicht sonderlich geübt, kann auch gut sein, dass es dir was völlig anderes spritzt, als ich möchte. Wäre vielleicht besser für dich, du sagst es mir freiwillig", versuchte Marc Martens gefügig zu machen und kam sich dabei selbst wie ein Psychopath in einem Krimi vor.

„Isch bin nisch der Affentäter", versuchte Martens verzweifelt seine erste Antwort zu wiederholen.

„Du bist kein Affentäter? Das ist wirklich interessant. Schließt jedoch immer noch nicht aus das du der Attentäter bist, mein lieber Martens", entgegnete Marc amüsiert.

„Es ist Schwarz, dieser Bastard!", schrie der Sekretär nun verzweifelt, nachdem eine weitere Minute verstrichen war.

„Ah, er kann wieder anständig mit mir sprechen", amüsierte Marc sich weiter.

„Hören Sie. Der Hoheitsinspektor, Tom Schwarz. Er ist für all das hier verantwortlich", begann Martens zu erklären.

„Was? Du tauchst bei Mundipharma unter, zerstörst eine ganze Stadt, tötest unzählige Menschen, verübst zwei Mordanschläge auf mich, sprengst meinen Partner ins Koma und beschuldigst jetzt auch noch meinen vorübergehenden Partner? Mir fällt es grad schwer, dich nicht auf der Stelle zu erschießen, weißt du das?", brüllte Marc und drohte die Fassung zu verlieren.

„Sie glauben, dass Schwarz umherreist und die Zeitlinie vor Fremdeinflüssen beschützt? Junge, sind Sie denn blind? Er macht genau das Gegenteil. Was hat er Ihnen denn bitte über mich erzählt?", fragte Martens verzweifelt.

„Genau das, wessen Sie ihn jetzt beschuldigen! Sie sind ein Ex-Hoheitsinspektor, der unter einer psychischen Krankheit leidet und aus noch ungeklärten Umständen die Zeitlinie verändert", regte sich Marc auf.

„Dieser Mistkerl! Nicht mal eine anständige Erklärung und zusammenpassende Geschichte hat sich der Lump ausgedacht", sagte Martens verächtlich.

„Martens, solange ich die Knarre hab, schimpfe nur ich, verstehen wir uns soweit?", fragte Marc mit einem provozierend ironischen Unterton.

„Okay, einverstanden. Also. Schwarz ist derjenige, der durch die Zeit reist und die Linie verändert. Das Attentat von Sarajevo, Auslöser des ersten Weltkriegs, das war zum Beispiel er. Die provozierten Soldaten, die den Beginn des Boston Massacre darstellen. Auch das ist sein Werk. Selbst der Untergang der verdammten Titanic ist ihm zuzuschreiben. Überall hat er sich eingemischt. Ich bin ihm eines Tages allerdings durch einen blöden Zufall auf die Schliche gekommen. Es gibt im HED einen Raum, der zu beiden Seiten mit vielen Türen bestückt ist. Von dort aus gehen wir in unsere Einsätze und kehren auch wieder dorthin zurück. Mir fiel nur irgendwann auf, dass sich Schwarz nie in diesem Raum befand, wenn wir unsere Einsätze antraten...", begann Martens zu erklären.

„Warte, warte. Du willst mir also erzählen, dass Schwarz der Grund für die Geschichte ist, wie wir sie kennen und wie sie unsere Kinder in der Schule lernen?", fragte Marc und begann zu lachen.

„Da gibt es nichts zu lachen! Die Einsatzräume des HED werden überwacht. Über die Zentrale wird zu einhundert Prozent nachvollzogen, wohin und in welche Zeit wir für unsere Einsätze reisen. Das wollte ich Ihnen ja gerade erklären. Schwarz ist so gut wie nie über die Einsatzräume gereist, sondern hat Türen außerhalb des Gebäudes benutzt, die nicht überwacht werden. Das hat er mit Ihnen doch bestimmt auch getan. Als der HED letztendlich feststellte, dass die Zeitlinie bedeutend verändert wurde, hat Tom es mir in die Schuhe geschoben. Die haben mich auf die schwarze Liste gesetzt und für ihn zum Abschuss freigegeben. Meine einzige Möglichkeit zu fliehen und ihn aufzuhalten war, in diese Zeit zu reisen. Es klingt rustikal, aber die Technologie ist hier noch nicht ausgereift genug, um mich an meinem Vorhaben effektiv zu hindern und ich konnte Schwarz Stammbaum auch nur bis hierher verfolgen. Meine einzige Möglichkeit war also, seine Großeltern auszuschalten, um ihn zu stoppen. Da es hier um Milliarden von Menschenleben in der ganzen Geschichte geht, konnte und durfte ich mir keine Fehler erlauben. Die Seuche war das effektivste Mittel, um sicherzugehen, dass ich sie erwische. Die beiden Anschläge auf Sie und ihren Partner waren ebenfalls nötig. Sie waren mir so dicht auf den Fersen, dass es nur diese eine Möglichkeit gab, nämlich Sie auszuschalten. All das diente einem höheren Ziel und leider Gottes bestand meine einzige Möglichkeit ihn aufzuhalten darin, Tausende zu töten, um Milliarden Menschen quer durch die Geschichte und auch in der Zukunft zu retten. Bitte verstehen Sie doch! Es ist die Wahrheit!", versuchte Martens nun wieder verzweifelt zu erklären und überschlug sich in dem Tempo fast.

„Ich weiß ja nicht, das klingt alles sehr sehr weit her...", antwortete der immer noch amüsierte Marc, wurde jedoch von einem lauten Knall unterbrochen.

Die schweren Holztüren am Eingang des Domes waren gegen das Gemäuer geknallt und schwenkten nun langsam wieder ein. Laute, schnelle Schritte hallten durch das Mittelschiff des Gotteshauses. Keuchend und völlig außer Atem eilte Schwarz auf sie zu, bis er neben Marc und Martens stand.

„Gut.... Ich....dachte schon er hätte dich....", keuchte Schwarz, während er Marc ansah.

„Komm erst mal wieder zu Luft. Es ist alles in Ordnung, aber ich hab inzwischen eine interessante Geschichte gehört", hakte Marc nun nach.

„Was? Was! Was hat er dir erzählt!", sprach Schwarz nun mit erhobener Stimme, legte allerdings danach eine Sprechpause ein, um wieder zu Luft zu kommen.

„Er behauptet, dass du für das Ganze hier verantwortlich bist. Und vor allem die beiden Attentate auf mich nehme ich dir persönlich übel", entgegnete Marc und begann zu lachen.

„Verdammt noch mal! Sie Vollidiot! Steht der da und macht Witze mit dem Attentäter, ich fasse es nicht", unterbrach Martens das Gespräch, schlug sich mehrfach mit der Hand gegen die Stirn, zwickte sich anschließend in den Arm, schaute erneut die beiden Kommissare an und vergrub schließlich das Gesicht in seinen Händen.

„Ich?", begann nun auch Schwarz sich zu amüsieren.

„Sag mal, Tom. Ist es wahr, dass ihr Einsatzräume innerhalb des HED habt, von denen aus ihr reist?", fragte Marc, nachdem das Grinsen allmählich von seinem Gesicht gewichen war.

„Natürlich. Es muss ja nachvollzogen werden können, wohin wir reisen", erwiderte Schwarz.

„Dann erkläre mir doch bitte, warum ich diese weder kenne, noch von dort aus gereist bin?", hakte Marc nach.

„Ich habe dir doch schon einmal erklärt, dass diese Geschichte hier sich schon einige Male wiederholt hat. Bei so einer Routineprozedur habe ich freie Hand. Es muss nicht immer nachvollzogen werden", verteidigte sich Schwarz.

„Ich kann beweisen, dass ich recht habe!", schrie Martens plötzlich.

„Und der Beweis wäre?", sagte Marc gelangweilt und blickte nun wieder zu dem immer noch am Boden liegenden Martens.

„Drei Dinge. Ich bin nicht alleine gekommen, um ihn aufzuhalten. Ich hatte eine Partnerin dabei. Sie wollte sich mit Ihnen treffen, um Ihnen Informationen zu verschaffen. Sie ist nie wieder zurückgekehrt. Zweitens ….", begann Martens zu erklären.

„Moment mal. Eine Partnerin, die mir Informationen verschaffen sollte? Wer, Wann und Wo?", bohrte Marc nun.

„Hör doch nicht auf diesen Geisteskranken, Mensch!", regte sich Schwarz nun auf.

„Halt doch mal einen Moment die Klappe", mahnte Marc ihn zur Ruhe.

„Hoheitskommissar Jessica Hofmann, vor einigen Tagen, beziehungsweise bald, ach, keine Ahnung, Zeit ist in diesem Fall relativ. Jedenfalls habe ich sie zur St. Lubentius Kirche in Dietkirchen geschickt. Sie ist nicht mehr zurückgekehrt. Sie haben sie nicht umgebracht, dessen bin ich mir sicher, aber da gibt es jemanden, der anhand dieser Informationen sofort enttarnt worden wäre und der steht zufällig genau neben Ihnen", fuhr Martens fort.

„Ach, hör doch auf! Den Scheiß glaubst du doch wohl nicht!", schrie Schwarz.

„Zweitens?", verhörte Marc Martens, ohne den Blick von ihm zu wenden, weiter.

„Sie haben bestimmt mehrere Papiere des Attentäters vorgefunden, die mit „Der S" oder „Die S" unterschrieben waren, richtig?", fragte Martens.

„Das ist korrekt. Woher wissen Sie das?", fragte der erstaunte Marc.

„Sehen Sie. Sie sind der einzige in diesem Gotteshaus, der das alles hier bewusst zum ersten Mal erlebt. Er hat es schon vorher getan. Tauschen Sie in seinen Geschichten einfach seine Darstellung gegen meine. Tauschen Sie den guten Schwarz gegen den bösen Schwarz. Nur so erhalten Sie die reale und wahrheitsgemäße Geschichte. Sehen Sie, Ende des achtzehnten Jahrhunderts zog ein Mann Namens Johannes Bückler, auch Schinderhannes genannt, durch das Land. Er beging um die zweihundert Straftaten und wurde, nachdem er geschnappt wurde, hier in Limburg im Werner-Senger-Haus, welches das damalige Rekrutierungsbüro der Armee darstellte, inhaftiert, bevor man ihn nach Frankfurt brachte und in Mainz verurteilte. Unser lieber Geisteskranker und Geschichtsmanipulator Schwarz hier dachte offenbar, dass er sich mit diesem Namen eine besondere Note geben könne. Er vergleicht sich mit ihm. Ich bin mir sogar sicher, dass er zu ihm gereist ist, ihn studiert und sich bestimmt auch noch mit ihm unterhalten hat. Dass er dabei jedem Ermittler einen Tipp auf seine Identität geben könnte, daran dachte er nicht, aber so ist es nun einmal oft bei kriminellen Soziopathen", beantwortete Martens Marcs Frage.

„Der ist total übergeschnappt. Erschieß diesen Kranken endlich und bereite der Sache ein Ende!", befahl Schwarz regelrecht.

„Drittens?", fragte Marc weiter.

„Er hat mehrere Male versucht, Sie und ihren Partner mit illegal beschafften Toxicons zu töten. Die chemischen Gemische, die das Toxicon erzeugen kann, lassen sich logischerweise auch als Sprengstoffe nutzen und machen die Waffe zu einer Bombe. Sinnvoll ist es natürlich nicht, aber es gibt eben Situationen, in denen ein solcher Einsatz des Toxicons von Nöten ist. Ausweglose Situationen zum Beispiel", erklärte Martens.

„Kommen Sie zum Punkt, Martens!", fuhr Marc Martens nun sichtlich unruhig ins Wort.

„Er hat es immer und immer wieder versucht. Einige Male ist er in der Zeit zurückgereist und hat versucht, Sie beide in die Luft zu sprengen, da Sie ihm gefährlich wurden. In Ihrer Wohnung, auf der Autobahn im Fahrzeug, in einer Kneipe und eben auch auf der alten Lahnbrücke. Doch immer scheiterte es. Es war, als ob es einfach nicht sein sollte. Dieser Mann suchte sich also die alternative Taktik aus. Wenn er Sie schon nicht töten konnte, musste er wohl oder übel versuchen, ihr Vertrauen zu gewinnen. Keine Ahnung, ob er Sie nur auf eine falsche Fährte locken oder Sie hinterlistig ermorden wollte.", schloss Martens seine Erklärungen ab.

„Er soll endlich die Fresse halten! Töte ihn endlich!", schrie Schwarz Marc an, während er dabei spuckte.

„Ich habe genug gehört", gab Marc unbeirrt von sich, trat einen Schritt zurück und zog seine Pistole aus dem Holster.

Mit einem metallischen Klacken fuhr der Schlitten der Pistole in seine Ausgangsstellung zurück, nachdem Marc an diesem gezogen und somit die Waffe fertig geladen hatte. Langsam richtete er die Pistole auf Martens, dem nun erneut die nackte Angst ins Gesicht geschrieben stand.

„Das können Sie doch nicht machen! Sie sind doch Polizist. Sie können mich doch hier nicht hinrichten!", schrie Martens verzweifelt.

Marc legte den Zeigefinger seiner rechten Hand auf den Abzug, immer noch auf Martens Kopf zielend, atmete tief durch und drehte sich blitzschnell nach links. Schwarz, der schräg links neben Marc stand, wich das Grinsen aus dem Gesicht, als er in den Lauf von Marcs Dienstwaffe schaute. Ein Schuss halte durch das Gemäuer des Domes und Schwarz kippte wie ein nasser Sack hinten über und schlug mit dem Kopf auf dem kalten Steinboden auf.

„Gott sein Dank. Sie haben es beendet. Endlich ist die Zeitschleife geschlossen", atmete Martens erleichtert auf und versuchte sich vom kalten Boden zu erheben.

„Sitzen bleiben", entgegnete Marc leise.

„Aber, wie, was.... Was haben Sie vor? Es ist vorbei", sprach der irritierte Martens.

Marc drehte sich nach rechts, wieder auf seine Ausgangsposition zurück und hob erneut die Waffe, um sie auf Martens zu richten. Der verlor die Fassung und verstand nicht, was nun schon wieder passierte.

„Es ist vorbei! Was machen Sie denn da? Sie können doch ni....",
schrie Martens entsetzt, wurde jedoch unterbrochen, als sich erneut
ein Schuss aus Marcs Waffe löste und er mit einem Loch im Kopf in
sich zusammensackte.

„Ihr gehört hier alle nicht hin. Wem soll ich denn glauben? Ihr
müsst alle sterben. Anders geht es nicht", murmelte Marc noch den
Leichen zu, bevor er die Waffe aus der Hand rutschen lies, die mit
einem lauten Scheppern auf den steinernen Boden knallte.

Völlig emotionslos schlurfte Marc nun langsam durch das Mit-
telschiff auf die schweren Eingangstüren des Domes zu, öffnete
diese und durchschritt sie. Das grelle Tageslicht blendete ihn. Der
Domvorplatz war umstellt von Sondereinsatzkommandos und
Schutzpolizisten. Sein Kollege Köster schritt langsam auf ihn zu.
Ihm stand tiefste Enttäuschung ins Gesicht geschrieben.

„Marc. Ich weiß nicht, was ich dazu sagen soll", sagte Köster mit
gedämpfter Stimme.

„Nimm die hier, sammel die der beiden da drinnen auch ein
und vernichte sie. Sie gehören nicht in diese Zeit. Die Technologie

ist zu gefährlich. Verbrenne sie am Besten. Niemand darf etwas davon mitbekommen", wies Marc Köster an und drückte ihm sein Toxicon und Inspektorenpad in die Hand.

Köster nickte leicht, zog einen Beweismittelbeutel aus seiner Jackentasche und verstaute die beiden Gegenstände darin.

„Irgendwann wirst du verstehen, dass es die einzige Möglichkeit war", flüsterte Marc ihm zu.

„Deine Waffe?", fragte Köster emotionslos.

„Liegt drinnen", gab Marc zurück.

„Marc Wagner. Ich nehme Sie vorläufig wegen dreifachen Mordes, Körperverletzung und Diebstahl fest", belehrte Köster ihn und schluckte.

Mit angelegten Handschellen führte Köster Marc an den restlichen Polizisten vorbei zu einem Polizeifahrzeug. Hinter einer Absperrung vor vielen Schaulustigen stand eine in Tränen aufgelöste Nina, die zwei Polizisten mit Mühe und Not zurückhielten, da sie immer wieder versuchte die Absperrung zu durchbrechen, um zu ihrem Marc zu gelangen. Ein letztes Mal blickte Marc Nina an, bevor man ihn in den Polizeiwagen setzte und dieser davon fuhr.

Grinsend warf Frau Nebowska am nächsten Morgen die tägliche Zeitung in den Mülleimer, nachdem sie den Artikel über die Hinrichtungen im Dom gelesen hatte, schloss die oberste Schublade ihres Schreibtisches auf, zog ein gläsernes Rechteck daraus, das bei Berührung sofort damit begann rot zu leuchten und schloss die Schublade wieder. Vergnügt tippte sie auf dem Rechteck herum, erhob sich langsam von ihrem Schreibtischsessel, stolzierte zur schweren Tür ihres Büros herüber, öffnete diese und verschwand.

Über Buchtalent

Die 2013 gegründete Plattform Buchtalent verknüpft auf innovative Art und Weise Self-Publishing und klassisches Verlagswesen miteinander. Die Geschäftsidee beruht auf der Erkenntnis, dass nur etwa jedes 200. bei Verlagen eingereichte Manuskript veröffentlicht wird. Dadurch entgeht vielen Verlagen die Möglichkeit, Autorentalente zu entdecken. Die Autoren ihrerseits haben nur eine geringe Chance auf eine Veröffentlichung.

Buchtalent ist eine Initiative der tredition GmbH aus Hamburg. Seit 2006 bietet tredition Autoren, Verlagen und Unternehmen Dienstleistungen und Lösungen rund um die Buchpublikation an.

tredition ist darauf spezialisiert, durch das Optimieren von Auflagenmanagement, Vertrieb und Abrechnungswesen die Erträge für Verlage, Unternehmen und Autoren zu maximieren.